大展好書　好書大展
品嘗好書　冠群可期

大展好書　好書大展
品嘗好書　冠群可期

休閒娛樂
54

印度幽默小品

玄虛叟／編著

大展出版社有限公司

序言

本書所記載的印度笑話，乃是取材自古典梵文的故事及現代印度語中的民間傳說或故事而來的。

雖然在中國、日本、英國，甚至於法國，自古便有著很多的笑話流傳著，但同為世界文明古國的印度，為何獨不見這方面的傳承呢？

究其原因，難道印度民族是一個不具幽默感的民族嗎？答案當然是否定的。其實在梵語表現的古典戲劇中，也有著滑稽的戲碼；在獨幕劇的表演中，也有著鬧劇式的演出。同時，我們也不能說，印度人因埋首於研究宗教、哲學的領域，而使他們無力去尋找笑話的文學題材。名作家瓦茲亞亞奈所著的『愛經』一書，便是以幽默的題材作成，它更成為往後作家在性愛式幽默作品寫

作上的一個範本。

在古印度的文獻中，除了宗教哲學之外，戲曲、抒情詩、敘事詩、傳奇小說、故事集等各式各樣的作品都被保存著；而與文學有關的各種知識，如：音韻、韻律、文法、語源、修辭、繪畫、彫刻、建築、音樂、法律、統治、經濟、醫學，乃至於性愛，象的養育法、竊盜術……等五花八門的內容，在文獻上也都有所記載。

但是，這種種的文獻都只作專門性知識的討論，而缺乏幽默化的語言，因此，要想在文學作品中，找出有趣的內容，的確不是一件簡單的事。

在印度的文學世界中，抒情詩是相當發達的，因此，以自然或愛戀為主題的作品有很多被流傳下來，但在愛戀式的作品中，富有幽默的色情笑話卻很少。

同時，在世俗中，雖然常在格言式或諺語式的訓示詩句中，

序言

含有許多影射性的警世小語，但很可惜的是，這些都缺乏幽默式的風趣。在民間傳說或故事中，雖然有著趣味式的題材，但在說教的內容中，富有諷刺性的笑話，則又不多了。

缺乏黃色性笑話或輕鬆笑話，而充滿愚笨式故事的情形，難道是一種印度人民族性一股勁做出的真實映照嗎？本來笑話是社會中形形色色發生的事所形成的一種戲劇化表現，但在其中卻有很多是以具有幽默，但不具智慧的愚蠢行為為題材而形成的。但由於有以諷刺或機智為主題的笑話存在，所以，也就不只以愚人為題材來做文學表現了。

如果說要找找古代印度的笑話集，則蘇曼德瓦的『愚人集』中，敘述很多愚者的故事；與其相呼應的『百喻經』或以苦行僧為主角的諷刺集『苦行僧愚行三十二篇』等都是很有名的。

目前印度報紙或雜誌中所記載的笑話，大多是外國短篇文章的翻譯、翻案。但在民間傳說中卻可以發現很多的笑話。

本書的特色是將古典及現代的笑話共載於一冊，因此，對於古今印度的笑話可做一個全盤性的了解。在閱讀本書時，讀者可以注意古今印度笑話中微妙的差異點，而且也可看出由古至今蘊藏於笑話中的中心思想。

目錄

情慾篇

目錄

目　錄

拾遺

愚人篇

偉大的父親

很多好友聚在一起，很自豪的誇耀各人的父親。

有一個人說：「我的父親非常具有慈悲心，不殺生，也不做雞鳴狗盜之事。他從不妄自吹噓，同時還經常施捨他人。」

這時，在他旁邊的人就不甘示弱的說：「我的父親才偉大呢！他在年輕的時候就克制了情慾，而且絕沒有染上任何惡習。」

他一說完，所有的人便問：「既然如此，那你是怎麼生出來的呢？」

（『愚人集』六一・二四一，『百喩經』一・九）

貓

有一個笨人，每天晚上都被老鼠吵得無法睡覺，於是他便去找了一個

婆羅門教的朋友商量對策。

這個朋友告訴他：「你養一隻貓吧！因為貓會吃老鼠。」可是這個笨人卻說：「貓長得怎麼樣？那裏有呢？我從來也沒有看過。」

這個信奉婆羅門教的人只好告訴他：「貓的眼睛看起來像玻璃一樣，牠的顏色是帶點茶紅色的灰色，身上長著毛，經常在街上晃來晃去。」

這個笨人回家後便把這件事告訴他的學徒們，然後說：「你們照著我朋友告訴我的形容，快去找貓吧！」

他的學徒們便開始到處的找，但找來找去都找不到所謂的「貓」，後來正巧有一個婆羅門教的小徒弟迎面走過來。

這個小徒弟，眼中閃耀著玻璃般的光輝，肌肉也曬成了帶點茶紅的灰色，而身上正披掛著羚羊毛皮。

這些在尋找貓的人一看到便說：「這就是貓了，他和師父所說的貓長得一樣。」

說著，便把這個婆羅門教的小徒弟帶回家了。

回家後笨人師父想了想，便把這個小徒弟留了下來。而這個半吊子的小徒弟，也根據大家所說，認為自己便是貓。但由於他是教這個笨人方法的婆羅門弟子，所以，他隔日便回去告訴他的師父這件事。

他師父一看見便問：「是誰帶你來的？」這個笨人和他學徒都說：「正如大師你所教的，是我們把這隻貓帶來的。」

話一說完，婆羅門大師忍不住的笑著說：「笨蛋和貓最大的不同是貓有四隻腳和尾巴，而人沒有啊！」

（『愚人集』六五・一五八）

油壺

有一個愚蠢的男佣，照著主人的命令去買油。

買了油在回家的途中，遇到了一位朋友，這朋友告訴他：「小心哦，油可是會從油壺底漏出的。」

由於他朋友這麼說，他便想要檢查油壺的底部，於是他便自作聰明把油壺倒過來看。結果油全部流光了，這個愚蠢的男佣也被主人趕了出來。

（『愚人集』六一・一八八）

牛奶

有一個男人，想要找朋友來聚一聚，他並且想收集牛奶來招待他們，但他想：「如果現在每天擠一些牛奶，一直到聚會那天的話，那不但沒地方放置這些牛奶，而且時間久了牛奶也會壞掉。所以，乾脆把牛奶暫時先留在牛的肚子裏，到時候再一次擠出比較好。」

想著想著他便把母牛和小牛分開，免得小牛一直吸牛奶而無法讓牛奶積存在母牛肚子裏。

到了聚會那一天，當他去擠牛奶時，牛奶卻一滴也擠不出來。而這些賓客則被他的作法弄得哭笑不得。

鴛鴦

（『愚人集』六一・四五，『百喻經』一・二）

雷神的老婆對他說：「明天我要回娘家去祭拜，你去拿朵蓮花來當我的髮飾。如果你沒拿的話，我們夫妻就緣盡於此了。」

雷神只好半夜跳到天皇的御池中去摘蓮花，但是，卻被守衛的士兵發現了，問說：「是誰在裏面？」

愚蠢的雷神情急之下便說：「我是鴛鴦。」

結果，被守衛捉了起來。

翌日守衛帶他去見天皇，這愚蠢的雷神卻一直學鴛鴦的叫聲。在天皇百般的詢問下，他才道出原委，結果天皇聽完後一笑置之，也就放了他。

（『愚人集』六二・二二六『百喻經』三・四七）

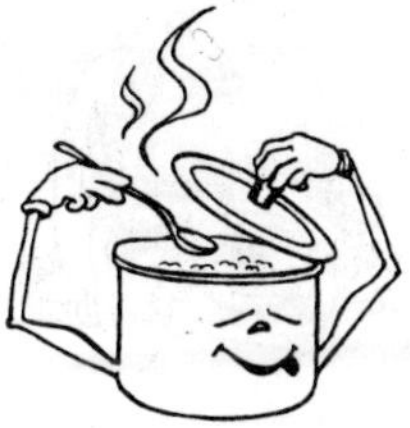

迷　路

一個笨男人想到鄰村去，但由於他忘了路怎麼走，就問村裏的人該怎麼去。結果人家跟他說：「你依著河堤上的樹往上走就行了。」

他到了河堤，果然看到了樹。他想：「村人所說的往上走，大概是沿著樹爬上去吧。」

於是他想了想便真的開始爬了，但到了樹頂由於身體太重，樹枝無法承受而彎了下來，結果他便這樣緊捉著樹枝不放，吊在半空中。

剛好這時有一個人趕著象隊來到河邊喝水。在樹上的笨人看到了，便大叫：「先生，請救我下來，救我下來啊！」

這個趕象的人為了要救他下來，便用兩手去捉著他懸空的兩隻腳，但由於象群在樹下走來走去，結果趕象的人也緊緊的捉住笨人的雙腳又懸在半空中了。

這個害怕的笨人便對趕象的人說：「你趕快唱首歌吧！如果有人聽到你的歌聲，人家就會來救我們了。」

趕象的人一聽，便唱起歌來了，由於他唱得很好，那個笨男人一聽很高興的拍起手來，就在此時由於他一拍手兩手離開緊捉住的樹枝，結果兩個人便一同掉到水裏去了。

（『愚人集』六五・二〇〇）

失敗的女婿

愚蠢的女婿第一次到老婆娘家探望岳父岳母。他看見岳母準備作飯用的白米，便捉了起來往嘴裏猛塞，不巧這時岳母卻走了過來。這下子這女婿想把白米吞下去也不是，吐出來也不是，結果因為塞得滿口都是，使得他眼球翻白，非常的難受。

他岳母看見他兩頰脹了起來，而且一句話也說不出，便想他一定生病

了，便去請醫生來看看。結果醫生一看，他嘴裏並沒有長了什麼東西，便緊壓著他的頭，想把嘴巴打開來看看，嘴巴一打開從口中便掉出了米粒，而使得大家哭笑不得。

（『愚人集』六三・一八一，『百喻經』四・七二）

尾巴

有一個和尚在寒冷的冬夜裏，半夜尿急起床出外方便。方便後，他實在是太睏了，碰到了一個像床的地方，便逕自躺下繼續睡。到了天快亮的時候，由於降霜，他覺得很冷，便半醒的叫著：「喂！小和尚啊！我到底是睡在屋內還是睡在房外呢？」

這時小和尚睡眼模糊，伸伸手往床上摸了摸，摸到了睡在床上小狗的尾巴。於是他便半醒的說著：「師父，你有尾巴嗎？」

和尚一聽，順手往自己身後一捉，恰好捉到了繫在腰部的布條末端。於是他便回答小和尚說：「啊！我有尾巴。」

小和尚一聽便說：「那就對了，你是睡在家中的床上沒錯。」

大和尚聽說自己的確睡在床上，便繼續安心的睡，結果天一亮，他差點就凍死了。

有人看見和尚凍在外面，便問小和尚：「究竟怎麼回事？」小和尚也迷迷糊糊的說：「我什麼也不知道。」

還好，一大早大家便扶起大和尚，給他溫暖，他才慢慢的脫離死亡，醒了過來。

（『苦行僧愚行三二篇』一一）

白日夢

一個婆羅門教徒，有一天得到了一盤的小麥粉。他拿著這盤小麥粉在一家瓷器店的角落坐下一邊打瞌睡一邊想著：「如果我把這小麥粉賣了，就可以得到十文錢；再把這十文錢拿去買一個壺或盤子；接著再賣了壺或盤子，如此周而復始，我便會慢慢的有錢，可以買些檳榔子或衣服；最後當我的財產達到數十萬時，我就可以娶四個老婆。當然，我的老婆中有的又年輕又美麗，有的則非常可愛。如此一來，這些女人會因嫉妒而彼此爭

吵。這時如果把我惹火了，我便會好好的處罰他們。」

他想著想著便拿起木杖亂打，好像在處罰他想像中的那些女人，結果卻把手中的小麥粉灑得整間瓷器店都是。瓷器店的老板循聲而出，看了非常生氣，便從店裏衝出，追著和尚跑。

（『警世小故事』四・八）

兩個笨徒弟

有一個師父他有二個不服輸的徒弟。每天其中一個負責洗師父的右腳並上油，而另一個則負責師父的左腳。

有一天，負責右腳的徒弟有事要進城，所以，師父便對負責洗左腳的徒弟說：「今天，你也順便幫我洗洗右腳吧！」洗左腳的徒弟一聽便問：「是要在那傢伙負責的右腳上上油嗎？」但因師父沒有聽見他的問話，他便很生氣，突然把師父的右腳給折了。

其他徒弟這時聽見師父的慘叫聲，紛紛趕了過來，一股腦的揍起這個徒弟。隔日一早，負責右腳的徒弟回來，聽到了這件事，非常生氣，他心想：「我難道不能把他負責的腳也折了嗎？」說著說著，他也真的去折了師父的左腳來報復前一日折斷師父右腳的小徒弟。

（『愚人集』六三・一六三，『百喻經』三・五三）

茅草屋頂

由於雨季到了，一個男子便爬到屋頂上，把屋頂上的茅草整理一下，順便鋪得好些，但一個不小心一滑腳，卻跌了下來，身子也因此受了傷。當他正在呻吟時，大家都聞聲趕了過來，問他到底是怎麼回事。這名男子慢慢的站了起來，一一的對詢問者說：「我就這麼掉下來，就這樣受了傷。」大家實在不知他在說什麼，但幾乎來探望他的人一問，他都這麼回答。由於來探望的人太多了，他一直重複的告訴別人，以致於他的傷一

點起色也沒有。

最後，他實在受不了了，便哭著說：「到底還有誰要問啊，順便把你們的父親也帶來一起聽吧。」

（『苦行僧愚行三二篇』六）

沈香

有一個富翁的兒子，收集了一整車的水底沈香木。他把這些沈香運到市集中賣，但因為價值太高，所以一點生意也沒有。在他正覺得生氣時，剛好瞧見旁邊的木炭行，木炭賣得很好。

於是他心裏想著：「對了，我把這些沈香燒一燒，不就可以變成像木炭一樣，然後再賣出去不就有生意了嗎?」想著想著，他真的這樣做了，結果這些燒過的沈香，也就一文不值了。

（『愚人集』六一・二，『百喻經』二・二二）

註：沈香在此是一種水沈香，屬上等香木。『愚人集』中故事是發生在馬來半島上與『百喻經』中略有不同。

國王的願望

國王生了一位非常可愛的公主，他希望公主快點長大，於是他把太醫叫了來，對他說：「你快去找可以使公主快長大的藥吧！」

太醫領旨後便對國王說：「遵命。但是，這種藥必須要到很遠的地方去取才拿得到，而且在取藥的這一段不算短的時間裏，陛下您都不能見到公主，這樣才會得到藥效。」

國王聽了便照著做。幾年過後，太醫帶公主來見國王，並說：「我已找到了陛下吩咐找的藥，並已經給公主服用，所以公主長大了很多。」

國王一看，果然沒錯，心裏非常高興，並且對太醫讚不絕口。

（『愚人集』六一・二六五，『百喻經』一・一五）

換鼻記

有名男子，他有一位容貌不差，但就鼻子長得不好看的老婆。有一天他出門正好看見一位長得漂亮，而且鼻子很好看的女人。

他心裏想：「如果這個鼻子可以裝在我太太的臉上，那她一定會很漂亮。」於是，他便把這女人的鼻子割了下來，帶回家對他老婆說：「喂，快來呀！這裏有一個漂亮的鼻子。」

說著說著，他便把他老婆的鼻子割了下來，想把外面得到的鼻子黏上去，但結果卻怎麼黏也無法固定住。

（『百喻經』二・二八）

註：在『愚人集』中有敘述妻子低鼻，丈夫高鼻，彼此互換鼻子的類似性故事。

兩個妻子

一名男子他娶了兩個老婆。每當他靠近某一個老婆時，另一個老婆就會吃醋。為了使兩個老婆不要彼此嫉妒，他晚上便以等距的位置，睡在兩個老婆中間。

有一天晚上，外面下著大雨，屋頂漏了水，使得雨水和著泥土落了下來，正巧掉落在他的眼上，但他為了怕老婆生氣，卻一動也不敢動，任憑泥土落在臉上。結果漸漸的他什麼都再也看不見了。

（『百喻經』四・七一）

煎餅

一個遊客買了八片煎餅。他吃了六片後，仍覺得吃不飽，於是他又拿

起第七片來吃。吃完後，他覺得不餓了。於是他便很心疼的說：「哎！我真是一個笨蛋。早知道，我就只要吃剛才那一片就好了，前面那六片，真是浪費，吃了也是白吃。」

（『愚人集』六二・二〇四，『百喻經』三・四四）

註：在『百喻經』中原題為「半片餅」，是描寫一個人，他有七片餅，吃到六片半時他仍不飽，吃了七片才覺得可以，所以他想前面六片半都白吃的故事。煎餅是一種在麵粉上加糖和香料煎製而成的食物。在印度、台灣、日本作法稍有差別。

沒頭腦的伙計

有一個商人用駱駝來載運行李，由於行李過重，結果卻把駱駝給壓死了。這商人便對伙計說：「由於行李太重了，我要去找一找有沒有更強壯的駱駝來載運。你們先在這裏待著。但是皮箱中有很多布匹，假如天氣變壞下雨的話，可千萬別讓皮箱淋溼哦！一定要注意。」

商人說完後便離開了。沒多久，真的下起大雨了，驚慌失措的伙計們說：「老板交代千萬別讓皮箱淋溼，快想辦法啊！」於是他們便從皮箱中把布匹拿出來，裹在皮箱上。主人回來後一看，所有的布匹都溼了，他非常生氣，回到家後，便扣除伙計們的薪水，來補償損失。

（『愚人集』六二・一九二，『百喻經』三・四二）

一對笨夫婦

有對夫婦有三個餅。他們一人拿一個後，還剩一個不知該如何處理，於是他們決定彼此互看，看誰先說話，誰就不能吃那個餅。

這時，恰巧有一個小偷進來偷東西，把所有值錢的東西或家俱都帶走了，而他們兩人卻不說話，眼睜睜的看著小偷得逞。

後來這個太太實在受不了，很生氣的說：「喂，你到底有沒有毛病，為了一個餅，眼睜睜的看小偷拿走我們的東西。」說完後，她便大叫：「

有賊啊！有賊啊！」這時一直保持沈默的丈夫終於開口說：「嘿嘿，我贏了，餅是我的了哦！」

（『百喻經』四・六七）

聽見了

有一個重聽的師父，他有一個蠢徒弟。有一天這個蠢徒弟外出佈施，剛好走到了一個醫生家旁。這時醫生正在催他那八歲的兒子快去上學，但他的兒子都不加理會。

醫生很生氣的把他兒子綁在柱子上問他說：「我講的話你到底聽見了沒有？」受處罰的兒子便很害怕的說：「聽見了，聽見了，您說的話我都聽見了。」

這個笨徒弟看見了便想：「太好了，我可以把師父的重聽治好了，就這麼辦，那師父以後就都可以聽見別人的話了。」

於是，他急急忙忙的回去，一進門就依樣畫葫蘆把師父綁在柱子上，結果大家反而狠狠的把他修理一頓。

（『苦行僧愚行三二篇』一四）

水與火

在大祭典的前一天，一個愚蠢的男子他心想：「明天又要澆水又要燒香那會很忙，既然又要水又要火，那我如果能同時使用水和火不就省事多了嗎？」

於是他想著想著，便把火丟進了水盆裏，覺得明天只要拿著水盆就可以有水和火可用，於是他便很安穩的入睡了。

翌日，他一大早起來卻發現不但火熄了，連他用來洗臉的水盆中的水也被火弄黑了，當然，他用水洗過的臉也比不洗時黑得多了。

（『愚人集』六一・一〇）

註：『百喻經』（二・二五）中也有描述水與火的故事。

中毒

有一位婆羅門教的師父因太熱而生病，他的徒弟便去請教醫生該怎麼辦。醫生告訴他說：「你師父大概是中毒了，暫時不要給他吃東西吧。」

徒弟聽了醫生的話，便邊走邊想：「醫生說師父是中了毒，但師父身體太弱，什麼也吃不下。如果可以先把師父體內的毒給毒死，那原來的毒也會因此再也無法吸取師父的體力了。」

他想想便到藥房買了毒藥回去給師父吃，準備用他買的藥毒死師父體內原有的毒，當然師父吃了他買的藥後，也就一命歸天了。

（『苦行僧愚行三二篇』一二）

看門

商人因有事外出，就對佣人說：「好好的看門，還有要注意看好驢子上的韁繩。」

說完後，他便出去了。佣人在主人離開後，因為想看雜耍表演，但又惦著主人的話，所以，他便自作聰明的把門卸了下來，順便用驢子身上的韁繩綁在自己身上，溜出去看雜耍表演。

很不幸的家裏卻因此而被小偷光顧了。

主人回來後很生氣的責備他，但他卻義正辭嚴的說：「我已經照您的交待，把門和驢索都顧好了呀！」

（『愚人集』六二・二〇九，『百喻經』三・四五）

吃錯藥

有一個得到痛風病的患者到醫院來看醫生，醫生交給他洗膀胱用的洗滌藥，對他說：「幫我把藥弄碎，你先在這裏等我，我待會再幫你看。」過了一會，醫生回來一看，這個病人竟以為那藥是要給他的，便自己把藥搗碎吃了下去。還好醫生趕緊讓他把藥吐出，才撿回一條命。

（『愚人集』六四・一四）

註：『百喻經』（四・八〇）中也有以「倒灌」為題，描述有一個人得病，醫生說要倒灌治療，結果他自作主張，亂服藥的類似故事。

固執的人

二個婆羅門教徒一同托缽，得到了五塊餅乾，但卻不知要怎麼分。結

果他們決定比耐力，先開口說話的人只能吃二塊，而後開口的人便可分得三塊餅。

他們兩個人便開始橫臥在地上，兩手兩足都伸展開來，眼睛張得大大的，看起來就像停止呼吸一樣的靜止不動。

村裏的人看見，以為他們已經死了，就用兩副棺材把他們裝起來，運到火葬場，脫掉他們的衣服後，把他們放到木柴上準備以火葬處理。由於溫度太高，他們兩人一受不了，便赤裸裸的像死而復活般的從木柴堆上站了起來。村人一看嚇得拼命的逃開。

但他們兩人卻都異口同聲的叫：「你二個，我三個。」村人知道後，有人拿著棍，有人拿著棒追著他們兩個打了起來。有人看了這種情形無可奈何的說：「這兩個真是不知羞恥的大傻瓜啊！」說著說著便拿著衣服叫他們穿上快回家去。

（『故事之海』五〇）

烙印

雨季來臨時，有一戶養牛人家來了一位學問不錯的大師。這位大師從早到晚都不斷的誦經唸佛。但這養牛戶的母親卻完全不知大師在做什麼，當然也沒有給他任何的佈施。

後來，這母親忍不住的對兒子說：「這位大師大概病得很厲害。你看他從早到晚一直唸來唸去不斷的呻吟，這該怎麼辦呢？」

這養牛戶聽母親這麼說，他也頗有同感的表示：「嗯！我們養的牛也是常這樣呻吟著，只要在身上烙個印就沒事了。」於是他們母子便把這大師架起來，從頭開始在他身上留下烙印。

這位大師好不容易掙脫了他們母子的「善意治療」後說：「啊！這大概就是愚蠢的人所能給的佈施吧！」

（『故事之海』一一三）

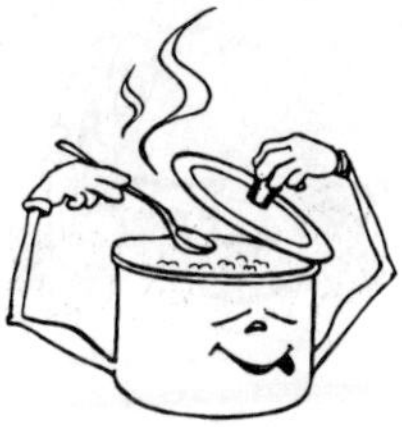

三思而行

有一個和尚在出外托缽時，經過一戶人家，看見了一頭長著很漂亮牛角的牡牛。他看了以後，每天都想：「我的頭應該可以放進那對牛角之間吧！」他一直想著這個問題，不知不覺過了六個月了。

有一天，他想著：「今天我要試著看看到底我的頭能不能夾在那對牛角之間。我已經考慮了六個月了，經過了這麼長的時間，我想我一定不是很衝動，所以，應該沒有問題才對。」

於是，他便真的把頭置在那對牛角之間了。

很不幸的，這頭牛卻被他的行動給嚇著了，非常不安的奔跑著，當然和尚的頭也就掛在牛角間晃來晃去。

村裏的人看見了趕緊趕了過來，鎮住了這條牛，並且把和尚給救了下來，但他們嘴裏卻唸著說：「為什麼做事之前不想一想呢？」和尚一聽卻

回答：「誰說我沒想清楚，我是考慮了六個月之後才付諸行動的呀！」

（『苦行僧愚行三二篇』一七）

傻女婿

有一名男子，他雖然自幼生長在接受學問薰陶的婆羅門式家庭中，但他卻只能讀寫一點點東西。

有一天，他要到他太太的娘家去，他母親很不放心的對他說：

「你到了岳父家，就要有做女婿的樣子，坐的時候要找位置最高的地方坐。然後說話時要學杜鵑鳥的叫聲，用好聽的聲音說話，別人聽了才會覺得舒服。」

他到了老婆娘家，一眼就看到前庭中堆得高高的稻草，他想著：「對了，這稻草比人還高，就是我該坐的地方吧！」

於是他便爬到稻草堆上坐了下來。

後來他又想：「我該先和岳父打招呼吧！我得快學杜鵑叫，那不管是誰聽了都會覺得很舒服。」於是他便「卡—哥—，卡—哥」般學杜鵑大聲的叫了起來。

岳父看了簡直嚇呆了，不知他在幹什麼，只得呆呆的站在一旁看他。吃飯後，他看見岳父正在漱口，便問岳父說：「爸爸，你這麼做是不是要挖個排水良好的溝渠呢？挖好後這地會變成什麼樣呢？」

他岳父聽了非常生氣的說：「我只挖一半，一半留給你挖，如此一來還會有土地嗎？天啊！如果不是有足夠的聘金，誰會把女兒嫁給這樣的笨蛋呢？」

（『印度語言調查』第五卷之一）

學話的呆子

一名男子對他母親說：「媽！我要去接回娘家的妻子回來，您做些炒

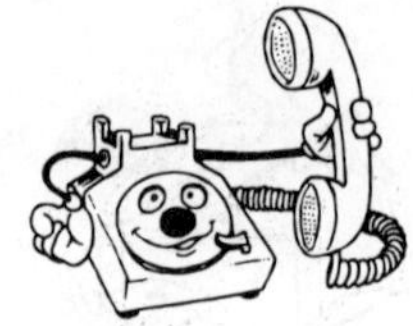

豆讓我順便帶去吧。」於是他便帶著炒豆往他妻子娘家出發了。

因為他母親所準備的炒豆有生的也有熟的，而且沒有分類全部混雜在一起。於是在途中風一吹，使得較輕的熟豆飛了起來，而重的生豆便留了下來。這個男子一看很無奈的一邊說著：「該留的留，該飛的飛。」一邊繼續趕路。

他說著說著，迎面走來了一位獵人很生氣的說：「你說什麼『該飛的飛』，結果我要捉的鳥通通飛光了，真是混蛋。」並且把他揍了一頓。這男子很無辜的問獵人：「那我該說什麼呢？」獵人一聽就說：「那你說『多一點帶回家』好了。」於是這名男子便學著沿路說：「多一點帶回家。」

他說著說著，前面來了一隊送葬的行伍。「你這小子說什麼『多一點帶回家』，這種事是能不發生最好，難道你不知道嗎？」這行伍的人罵了他之後，又把他揍了一頓。結果送葬的人又告訴他：「你應該說『這事千萬要不得』才對。」他聽了這些人的話，便又邊走邊說：「這事千萬要不

得。」然後繼續往前走。

恰巧，迎面又來了一隊迎親的隊伍，他又被揍了一頓被罵：「不准說『這事千萬要不得』，快說『多多益善』。」

於是他便照著沿路喊著：「多多益善，多多益善。」

他邊說邊走到了村口，恰好村中發生了火災，當然他又遭人圍毆，「這種事能『多多益善』嗎？」又被罵了一頓。

就這樣他好不容易的到了妻子的娘家。這時已經是吃晚飯的時候了。那天烏雲滿天，沒有半點月光，真是一個陰暗的夜晚。

他挨近了飯桌，但看不清自己的位置，於是他謙虛的敲敲碗盤說：「我的晚飯一定是小狗去偷來請我的。」湊巧這時他的岳母正端著要招待他的食物走了過來。

（『印度語言調查』第九卷之一）

註：在『愚者故事集』中也有類似的故事。

讚美

有一個織布工人要隨著主人出門，到主人太太的娘家去。

在出發之前，他母親對他說：「你隨主人出門，凡事要聽主人的話，做事要勤快些；主人如果一高興一笑，就會賞給你二、三尺的棉布。回來後你也許也不用再做織布的工作了。」

出發後，主人交給他栓馬的韁繩，告訴他常有小偷偷馬，要他拿好韁繩注意一點。

晚上，他非常的睏但想著母親的話和主人的吩咐，他便把韁繩緊緊握住，然後呼呼大睡。不幸的是馬卻真的被偷走了。隔天一大早他醒來，便拿著韁繩衝進主人休息的房裏說：「老板，馬的韁繩在我手上，您把馬牽到那裏去了呢？」主人一聽，連忙跳起趕緊的帶著織布工去找馬。

當他們走到河邊時，主人給織布工一把刀說：「你拿著刀，好好的跟

在我後面過河。」當他們走到河中央時，一不小心刀刃掉到了河中，織布工很緊張的說：「老板，刀刃掉到水裏了，我手上只剩下刀鞘而已。」

主人便問他說：「掉在那裏啊？」織布工一聽，順手便把刀鞘往水中一扔說：「就在刀鞘落下的那裏。」當然刀鞘也隨著河水流走了。

主人一看，呆立了一會兒，欲哭無淚的苦笑著。

織布工一看，以為主人高興得笑了起來，便很興奮的說：「老板，謝謝你的讚美，請賞給我二、三尺棉布吧！」

（『印度語言調查』第九卷之一）

說法傳教

有一天，和尚來到村裏弘法說教，邀請大家都來聽教。有一個牧童他也來到現場聽教。但他聽著聽著卻流起眼淚來。和尚看見了就請他坐到前面的上座，並且想說：「這個人一定是很有慧根。」

過了幾天，和尚來拜訪這個牧童並問他：「那天我在說法時，你聽得直流眼淚，想必你是非常能體會我所講的法理內涵吧！」

沒想到這個牧童一聽和尚問完後，卻又更傷心的哭著說：「上次您來弘法時，我家的母牛剛生了小牛，但很不幸的，母牛卻擠不出牛奶來餵小牛，結果小牛只活了一天，當天傍晚牠就餓死了。而大師您在說法時喃喃自語的樣子，很像小牛那天在呻吟的模樣，我心裏想大師會不會像小牛一樣呻吟完後就一命嗚呼了，所以，我想著想著便替大師感到難過，才哭個不停啊。」

（『印度語言調查』第六卷）

愚者的需要

有一個愚蠢的人要出外旅行，但他為自己不會應對感到很煩惱。他來到別的國家時，遭遇了困難，心裏想著我該如何向別人乞討呢?走著走著

他看見了一棟豪華的房子。於是他就扯開嗓子，用他想了很久的話說：「我是奉神的旨意來此地化緣，請給我一點布施。」

說完後，屋內傳出了回答：「現在我老婆不在家。」這個愚蠢的人一聽又馬上說：「先生，我不需要您的夫人，我只是要點麵包而已。」

（愚者小故事）

及早準備

主人對佣人說：「我要騎馬到鎮上去，你先把馬牽去水場吧！」佣人很聽話，把馬牽到水場，過了一會兒又把馬牽了回來。

主人一看，發現馬渴得舌頭都伸了出來沒有半點水份，就對佣人說：「你沒讓牠喝水嗎？」佣人回答說：「沒有啊！您只叫我把牠牽到水場，並沒有叫我弄水給牠喝。」

主人一聽，覺得這個佣人怎麼這麼笨，就教訓他並跟他說，做事要精明些，要懂得舉一反三才行。

佣人聽了主人的訓示回答說：「是的，我以後會照著您的意思，學得舉一反三，機靈些了。」說著，他便退下去做事了。

過了幾天，夫人生病了。主人把他叫過來說：「你去請個大夫來給夫人看病。」這個佣人趕緊去請大夫，順便跑到主人的親戚朋友家通報說：

「夫人病得很嚴重呀！」

後來他經過了一家葬儀社，便又進去和葬儀社的人商量葬禮的有關細節。過了一會兒，葬儀社的人來到主人家，對土人說：「我來量一量夫人的尺寸，以便準備棺木。」

主人一聽，嚇一跳連忙問說：「是誰叫你來的。」這人回答：「是您府上的佣人說的呀！」

這時，主人把佣人叫過來問他說：「你到底在做什麼？」佣人很委屈的回答說：「主人，您不是叫我要機靈點嗎？我正是舉一反三，提早做好安排而已啊！」

（愚者小故事）

鹽袋與綿袋

有一天，主人命令一個佣人用頭頂著一袋鹽送到外地去。佣人走著走

著來到河邊，一不留神把頭頂著鹽袋掉到水裏去。由於河水不深，他趕緊把袋子撿起，繼續頂著變輕了的袋子很輕鬆的往前走。回來後一點也不覺得累。

第二天，主人又叫他去送一袋裝著綿的貨品。當他走到河邊時心想：「把袋子放到水裏，待會袋子就又會變得又輕又好拿。」於是他便把整個袋子往水裏扔，沒想到這次他卻得頂著一袋奇重無比的袋子趕路了。

（愚者小故事）

背馬而行

有一個人步行外出，走到一半他已經感到筋疲力竭了。於是他便祈禱著說：「神啊！請您賜給我一匹馬吧！」

過了一會兒，迎面有一個男人騎著一匹馬走過來，後面還跟著一匹小馬。這個男人看見出外人一臉笨頭笨腦的樣子就對他說：「喂，你這傢伙

過來，你看我身後這匹小馬走得這麼累，你把牠背起來走吧！」

這出外人一聽，連忙拒絕說：「不行啊！我自己早已累得半死，那能再背這匹馬呢？」

騎馬的男子一聽，非常生氣的說：「你少廢話，你不背我就用馬鞭打你，直到你願意為止。」

出外人被他的話嚇住了，連忙把小馬背在身上，跟著這名男子後面繼續走著。然而他心裏卻很不滿的對神說：「神啊！您搞錯了吧！我雖然向您祈求希望得到一匹馬，但我並不是要背一匹馬呀！」

（愚者小故事）

德里紀念塔

有一天，一個人來參觀德里紀念塔。恰巧那天有另外二名男子也站在塔邊。有一人先開口說：「以前的人好高哦！居然能建造這麼高的塔。」

「傻瓜，才不是呢？他們是先在地面上建造一個橫塔，然後再把它立直起來的。」另一個人這樣說著。

這名來參觀的男子，聽見他們兩人的對話後，忍不住的說：「你們兩個人都說錯了。這座塔在建造上，最初是先掘一口深井，把它周圍都固定好，等全部都堅固之後，再由井中拉起而成的。」

（愚者小故事）

註：德里紀念塔位於德里南郊，有五層約七十公尺高，是一座石塔。

電匯

主人跟佣人說，有錢的時候最好是能到郵局把錢電匯回家，既方便又安全。佣人拿到了薪水後，想想主人教他的辦法，半信半疑的到了郵局，問辦事人員是不是真的可以用電匯的方法，把錢寄回去。郵局的人則告訴他當然沒有問題。

於是他便把錢交給辦事員，完成了電匯手續。後來他想起他離家時他太太要他有空時買些髮油回去。於是他趕緊到了油店買了一些髮油拿到郵局櫃台說：「請跟剛才一樣用電匯的方式幫我把這些髮油匯回家去。」當郵局的辦事員聽得莫名其妙時，他早已把髮油放下，離開了郵局。

過了幾天，太太來信問他，為什麼還沒買髮油。

這個佣人便到郵局，去找辦事員問說：「我那天急著請你用電匯把髮油匯到我家，但為什麼我太太到現在還沒收到呢？」

郵局的辦事員便回答說：「我們已經把你要匯的髮油匯出了，但不知是誰，從別處也匯了一些棒子，很不幸在中途這些棒子打破了裝髮油的瓶子，你看這該怎麼辦呢？」這個佣人一聽便回答說：「既然這樣，那就沒辦法了。這也不是你們郵局電匯上的錯。不過，要是讓我碰上那個匯棒子的人，我一定要把他好好的修理一頓。」

（愚者小故事）

祈禱時的禁忌

有一次，一個傻瓜到教堂去作禮拜。作禮拜的規矩，是在祈禱的過程中，絕對禁止說話、閒聊，否則所祈禱的都會功虧一簣。

這個傻瓜到了禮堂後，剛好有二個人也站在那裏祈禱，他為了不打擾他們，就安安靜靜的站在他們後面。

過了一會，一個清潔工走過來，其中一個人看到了就對清潔工說：「喂！我正在祈禱，你來錯時間了吧！待會再來掃。」另一個人聽見了就對他說：「喂！你別講話啦，在祈禱中是不能多嘴的……，你看剛才的祈禱都白費了。」

傻瓜看見了他們兩個人的情形，很高興的說：「還好，還好，我沒像他們兩個人一樣隨便亂開口，而使得祈禱功虧一簣。」

（愚者小故事）

到底誰丟臉

有一個人，他有著偷竊的壞毛病，經常被附近的人逮到，但因他天生愚笨，所以，大家也都無可奈何，經常都是不了了之，捉了之後就又把他放走了。

有一次，他在偷東西時，恰好被巡守的士兵看見，於是便把他捉到衙門準備由大老爺來裁判罪名。大老爺看見了這個笨小偷，就罵他：「你到這種地方來，難道不覺得可恥嗎？」

沒想到他竟然回答說：「大老爺，照您說來，那你可比我丟臉啊！我雖然偶爾會進衙門來，但您可是天天都到這個可恥的地方來呀！」

大老爺一聽哈哈大笑，實在拿他沒辦法，便又把他放回去了。

（愚者小故事）

讓座

一個傻瓜當他四、五歲時，有一天家裏來了一個客人。這時他正坐在椅子上，於是他母親就跟他說：「起來，把位置讓給客人坐。」

可是他卻我行我素，依然穩當當的坐著不肯起來，而這位客人也就隨便拉了一張板凳，對這位母親說：「沒有關係，小孩還小別勉強他，我隨便坐坐就行了。」

客人走後，母親很生氣的把這個傻小孩訓了一頓，並告訴他：「如果你是好孩子，當客人來時就應該把位置讓給客人坐，知道了沒有！」

就這樣過了幾天，前幾天來的那個人又來了。

這時這傻孩子正好坐在母親的大腿上，但他一看見客人來，便連忙站起對客人說：「請坐，請坐，因為我是好孩子，所以，我把我剛才的座位空下來，請您坐下來吧！」

（愚者小故事）

瓶破夢碎

有一個人到市集上去探聽看有沒有工作可以做。這時有一個商人走過來對他說：「對不起，你在這人群中找什麼啊？」

他回答：「我看看有沒有事可做，你有事嗎？」

商人便說：「那麻煩你幫我把這瓶油帶回我家，然後我會給你二文錢當報酬。」

「你放心！這是我今天一大早的第一件工作，我接受你的委任了。」於是他便從商人手上拿過油來，頂在頭上，跟在商人後面走著。

邊走他心裏邊想：今天一大早我就可以賺到二文錢，那待會就可以去買蛋；把蛋帶回家後我可以把它放在門口大樹的鳥巢裏，讓鳥來孵蛋；接著把孵出的小雞養大，嗯！這一定會是這隻母雞，然後牠就會生更多的蛋，孵更多的雞，這一來我就可以有一間大的雞場。然後，一轉手，我可

以買些牛，開一間大的牧場。

接著他又想：「如此一來我就成了大富翁穿梭在上流社會之中。到時很多豪門貴族就會把女兒嫁給我。當然我一有錢便會有比這些豪門貴族更華麗的房子，對了全部都要用上等的大理石來建造。而且房子得仿照國王的皇宮用手工仔細建造，接著可以請很多人來我的房子裏參觀欣賞。」

就這想著想著，他的腳不小心滑了一下，整個人都跌倒了，頭頂上頂著的油瓶也掉了、破了，灑得滿地都是油。

商人回頭一看，非常生氣的罵他：「臭小子，你走路為什麼不小心，你看我的油全沒了。」

結果這個人也很生氣的說：「你只不過是油沒了而已，臉色幹嘛這麼難看；你知道嗎？我的家產，房子……也統統不見了。」

（愚者小故事）

情慾篇

熊傷

「一角仙人」的故事發軔於印度，隨後輾轉流傳至中國、日本等地。在日本同樣內容的故事分別記載於『今昔物語集』『太平記』，而戲曲的「一角仙人」、歌舞伎的「鳴神」、朧澤馬琴的「雲妙雨夜月」也是這個故事發展成的。不過，在他國所流傳的故事內容則與印度原版故事略有不同。在印度大敘事詩『馬哈婆拉達』、佛教文獻中，以巴利語描寫佛陀前生故事等記載中，也都記敘著這個故事。不過婆羅門教系的內容與佛教系的內容多多少少有著些差異存在。在佛教系記載佛陀前生事蹟的「本生話」中，關於這個故事也有二種說法，在此則介紹其中之一。

喜馬拉雅山中住了一位修行者。有一頭母鹿來到他住處附近吃草、喝水，但卻不慎沾上了修行者混在水中的精液，因而受孕產下了一個前額長角的男嬰。而這名男嬰便被命名為「一角」（表示有著羚羊般的角），和

這位修行者（也就是他父親）一同住在森林中，勵志苦修。

天上有位神仙（釋帝天）很怕一角修行後可以得到很大的神力，於是為了阻撓一角的修行，他便設計讓一角的國家三年都不下一滴雨。國王為此感到非常煩惱時，這神仙便在半夜跑來告訴公主說，只要能阻撓一角的苦修，則旱象便可以解除，於是公主也打扮成修行者的模樣，趁著父親不在的時候，拿著美麗的毬果去接近一角。

當一角看到這美麗的毬果而想要問公主這毬果的出處時，公主便脫下了衣服，顯露出美麗誘人的胴體。從未看過女人身體的一角，一直以為公主和自己一樣都是男性，於是當他看見公主的大腿間，便問公主是不是受傷了。而公主則回答說他的生殖器不小心被熊咬斷了。如此一來，一角便要用草藥來替公主療傷，但公主卻對一角說希望一角能照著她的方法做就可以使傷快好。

於是一角便在公主的指引下，受了公主的誘惑，接著也就破戒了，而這時也正如神仙所說般下起雨來了。待公主離開後，一角便去告訴他父親

整個事情的經過：

當一角看見公主的胴體時，便問公主：「你大腿間是什麼東西呀！你的生殖器呢？」

公主回說：「我被熊追趕，當我跌跤倒下時，熊便把它給咬斷了。」

一角說：「你的傷痕又深又發紅，雖然尚不致於腐壞，但也可能會發出惡臭，我趕緊去煎些藥幫你敷上治療吧！」

公主一聽便說：「我們修行的人，煎藥或其他的藥都對我們所受的傷起不了療效。你只要用你的生殖器在我的痛處治療，那我的傷便會很快的痊癒了。」

於是在他進行治療之後，覺得很疲倦，便去沖了澡。

父親聽一角所敘述的事情後，把一角訓誡了一頓而命他再重新修行。

後來一角又對父親說：「他的傷頓時間就好了起來，傷處周圍也變得非常柔軟；看來就像美麗的花朵閃耀著光輝一樣。他把我壓在下面，而且把大腿打開來，並將他的腰彎下來靠著我呢！」「他說『這個傷是拜熊所

賜』，而我當時只說『我覺得很舒服』，當我幫他療傷時，我真的感覺很舒服。後來他居然也告訴我說『我很舒服』。」

父親又聽他說完後，心中只感到在那樣惹火的情況下，他們兩個人所做的卻又是如此的可笑。

（『本生經』一三—一七、五一、四六）

意外的幸福

有一個有錢的老頭兒，用錢買回了一個年輕的小女孩當老婆。但這個小妻子實在無法忍受年紀一大把的老頭兒，所以，她每天晚上總是背對著老頭，把臉朝向外面睡覺。

有一天晚上，有一個小偷偷進了這對老夫少妻的房間中，這時，小妻子發現小偷進來，非常害怕，便將身子整個一反常態轉向老頭，並緊緊的抱住他。這個老頭非常高興的看看屋子，當他看見屋角的小偷時，非但沒

有喊抓小偷，還對小偷說：「小偷呀！非常謝謝你，我不想叫男佣人過來捉你，你快點離開吧！」

（『愚人集』六二・八三，『幽默小語』四・一〇）

雞啼

有一個男人每次要發洩情慾時，都會去找能讓他感到滿足的妓女來發洩。而在同市中也有一個妓女喜歡他的洩慾方式。

有一天晚上，這個男人便決定和這個妓女「交戰」一回。他自信滿滿的對這妓女說：「妳能順應我的需求嗎？如果妳不行的話，那陪宿費妳可得加倍還給我哦！」

當他們一直折騰到半夜時，這名妓女實在是受不了了，於是她便以上廁所為藉口從床上脫身而出，隨即來跟老鴇說：「我實在受不了了，我看把錢還給他好了。」

雖然她邊哭邊說，但老鴇卻跟她說：「妳說什麼呀！我還沒聽說過有人把錢還給嫖客的事。這一來不就壞了我們這行的規矩了嗎？我看妳再努力應付一下。等會兒我再去學雞叫，然後我們就可以對他說已經天亮了，再把他給轟回去吧！」

過了一會兒果然傳來了幾聲雞啼聲，於是妓女便對這名男子下了逐客令。而當這名男子離開時，外面卻仍是一片漆黑。當他正感到疑惑時，躲在樹上的老鴇仍舊學著雞啼，這下子老鴇與妓女的計謀便被這名男子給看穿了。於是他便很生氣的拿起石頭往樹上丟，而老鴇也就從樹上掉下。當然最後老鴇和妓女也只得把雙倍的錢還給這名男子。

（『鸚鵡記事七十則』五五）

牛舌

有一個很放蕩的妻子，經常在丈夫睡著後，在丈夫身旁跟情夫調情。

有一次由於在調情時把他丈夫給吵醒了，於是他丈夫在半睡半醒中一翻身張開手臂，卻捉到了情夫的生殖器，這時他丈夫便喊著說：「老婆，有小偷呀！你快去把燈火點上。」

他老婆一看，急中生智連忙說：「我好害怕，我不敢起來點火。這樣吧，我來捉小偷，你去把燈火點上好不好？」

於是這個妻子便趁著丈夫去點燈的空檔，把情夫給放走，並且將睡在屋角的小牛的舌頭拉出來握在手上。當丈夫拿著燈火到床邊一照，看見妻子手上捉著小牛的舌頭，便很不好意思的對太太說：「還好，還好。」

（『鸚鵡記事七十則』三六）

驢乳

有一群從沒有見過驢子的鄉下人，聽別人說驢乳是一種非常好喝的東西。突然有一天，他們得到了一頭公驢，但卻不知道牠是公的。於是他們

便爭先恐後的在驢的頭上也擠，耳朵也捏，尾巴也抓，都希望能擠出所謂的驢乳。

忽然間有一名男子摸到了這頭公驢的生殖器，很高興的大叫說：「我找到乳房了。」於是大夥又一窩蜂的亂捏亂擠，當然最後當他們已經弄得筋疲力竭之後，仍然徒勞無功，擠不出半滴的驢乳來。

（『愚人集』六三・一八七，『百喻經』四・七七）

放蕩的女人

有一個商人的妻子非常的淫蕩，隨時都找機會和家中的男佣調情。她經常哼著：「女人呀女人，誰都不會嫌棄；就像在草原上吃草的牛一樣，隨時都有男人陪伴左右。」

有一次，當她正和男佣偷情接吻時，恰巧被她丈夫撞見了。她不慌不忙的走向她那受了驚嚇的丈夫說：「老公啊！這個男佣真不知羞恥。竟然

偷吃了『樹藥』，現在整個嘴巴聞起來都臭得不得了。」

男佣一聽，馬上不甘示弱唸著：「女人食量是男人的二倍；智慧是四倍；任性度是六倍；而情慾則比男人強過八倍。」又說：「這種地方實在是待不下去了。女主人老是嫌我們男佣人的嘴巴臭。」說著說著走了出去。這下子男主人又受到了驚嚇，趕緊追了出去連哄帶騙的將男佣帶回來，好好的問清原委。

（『警世小故事』四・四）

註：樹藥指的是由一種印度特產的樹，取其樹脂經過處理後可以拿來當作藥品或調味料使用。

玩火者

有一個美麗的商人妻子，請來一位婆羅門教徒的男士，來教他兒子唸書。這位老師第一眼看到這太太，就深深的愛上她，於是，他每天藉著教師的身份來他家，與這太太相會。

原本個性並不是那麼放蕩的妻子，也終於受不了這名教師的挑逗，漸漸的也利用兒子唸書的空檔和教師談起感情了。有一天，她終於和這名教師約好晚上在家中幽會。

當天晚上，這位教師悄悄的來到了商人家，剛好這名妻子的婆婆要她搗米，而她丈夫也在這時回來了。

這個妻子便很害怕的對這位教師說：「你先穿上女人的衣服把米搗一搗，等我丈夫睡著了之後，我再來找你好好的訴訴情懷。」於是教師便照她所說的做。而商人也在這時問他妻子說：「那是誰啊？」

「隔壁的太太。」他的妻子如此的回答。

接著，他們夫婦便在極度疲倦下，上床睡著了。一直到了早上丈夫出門了，這名妻子才想到這位在搗米的情夫。

而這時，這位教師的熱情在經過了一夜的空等後也冷卻下來了，再加上一夜不斷的搗米，早已累得上氣接不著下氣，所以，他也只有以玩火自

焚自諷，帶著疲憊的身體黯然回家。

（『故事之海』一七四）

百無一用是書生

有一名學者他精通文法、哲學及各種學術的學問，但對於世俗之事卻一無所知，所以，大家都笑他是「無用書生」。

但他的妻子卻非常不安於室，在丈夫不在時總是我行我素。她對他丈夫說：「你知不知道，大家都在你背後笑你是一個『無用書生』。」

但這名學者總是不理會她，逕自拿起書本，又往清靜的地方，繼續他的學問鑽研。

而每當他回來時，他太太則又會對他說：「啊！你回來了呀！你到底知不知道女人有那些手腕呢？」他仍舊一言不發，不予理會。只是他妻子又反覆的說：「你如果連女人有那些手腕都不知道的話，那你的那些學問

就都一文不值了。」他受不了妻子的嘮叨，又出門去了。

他在路上走著，碰到了一個婆羅門教徒的妻子，便問她：「在這個城市中，有沒有人可以教我，女人到底有那些做事的手腕呢？」

這個女子這時心裏想：「這個無用書生八成是被他那個不安於室的老婆逼出來的吧！」她就對學者說：「你到我家來吧，我教你。」

於是學者便跟著她到她家中，而這名婆羅門教徒的妻子則對她家裏的人介紹說這名學者是自己的哥哥，接著，便把他帶進她的房間中，但他卻說：「妳不是我的妹妹嗎？」而拒絕了這名女子對他的百般挑逗。

接著她把門窗都關起來大聲的叫：「脖子卡住了，喉頭噎住了」「救命啊，救命啊！」這一叫，家裏的人通通跑了過來。

學者也嚇得說：「妳在做什麼，快出來呀！」而這名女子趁勢把學者吃剩的飯撒了一床，對家中的人說：「我哥哥得了霍亂，這些食物卡住了喉頭，所以，我才喊救命的。」

在她說完後，大家便紛紛離去，這時她便說：「你現在知道女人的手

法是什麼了吧！」而且她也教他許多他太太所會使用的各種花招。

只是他回家後，看見自己妻子的態度正如那婆羅門教徒的妻子所說，是那麼使他厭惡，所以，他又再度的出門去了。

（『故事之海』一四三）

無聊男子

新德里市的街角站了二個男子，而這時迎面走來了二位小姐。其中一個男子一看見這二名小姐就說：「那不正是我的老婆和我的情婦嗎？」

另一個男子一聽則說：「是呀！我也正想說那是我的老婆和我的情婦吧！」

（取材自報紙）

滑稽篇

將心比心

有一位大財主，請一位藝人到他家中表演歌唱並演奏樂器。在表演之後，大財主對管家說：「你賞點酬勞給他吧！」管家回答說：「好的，我會照辦。」便退下了。但他卻沒有付任何酬勞給這個藝人。

於是藝人在沒有領到酬勞的情形下，非常生氣的去找這個大財主理論說：「你可以聽到美妙的聲音，完全是因為我帶給你娛樂而來的。但是，如果一提到酬勞，難道你不能給我同樣娛樂般的回饋嗎？」

（『愚人集』六三·一五七，『百喻經』三·五二）

脾氣暴躁的人

有一群人聚集在一起，討論著某位朋友的優缺點。有一個人對這個朋

友讚賞有加，但卻有一個人說：「這個人呀！好處是很多沒錯，但是，他的脾氣實在太暴躁了，動不動就會發怒。」

正當他在批評時，這個朋友剛好在門外將他所說的話聽得一清二楚，於是衝進了這個聚會場所，臉紅脖子粗的罵著那位批評者說：「你這個混蛋，我什麼時候亂發脾氣易於動怒了呢？」

這時，那位批評者便跟大夥說：「喂！喂！大家看，他這個樣子是不是就像我所說的脾氣暴躁易於動怒呢？」

（『愚人集』六一・二六〇，『百喻經』一・一三）

另一位父親

有一個五歲大的小孩，他父親另外娶了一位後母，但這小孩卻沒有作好心理準備，同時，這個新媽媽也從不準備好吃的東西給他吃，所以，他便感到非常的無趣，也不喜歡新媽媽。

有一天，他對父親說：「爸爸，你知道嗎？我實際上有二個爸爸吔！另外那一個爸爸，每天都做著和你相同的事哦！」

父親一聽心中開始覺得納悶，因此，對於他的新太太也改變了態度。而這位新媽媽，便覺得是不是小孩子在她丈夫面前說了她什麼壞話，於是她也改變態度，對這個小孩子越來越好。

有一天，正當這位父親在照鏡子時，小孩子又跑來指著鏡子說：「爸爸！你看，那就是我的另一個爸爸。」

（『鸚鵡記事七十則』五十）

禿頭

有一位禿頭的富翁，對自己頂上無毛感到非常煩惱，有一天他對著住在他家的無賴食客說：「你有沒有認識可以治禿頭的藥或是能治好禿頭的醫生呢？」說著說著，便拿了些錢給這個無賴，請他幫忙去找。

而這個無賴卻找了一個他的死黨來假冒醫生，只不過這個冒牌的醫生實際上也是一個禿頭的人。最後當他在騙吃騙喝也騙得金錢之後，他把包在頭上的頭巾扯了下來，對富翁說：「自己的禿頭我都沒法子治療了，又怎麼能治好你的禿頭呢？」

（『愚人集』六一・一八〇，『百喻經』二・四〇）

鏡子

有一個被人追債的亡命之徒，跑到了荒郊野外的草地上，發現了一個裝滿金銀珠寶的衣箱。而在這些珠寶上卻有著一面大鏡子。

當這個亡命之徒，打開衣箱看見鏡中所映射出來的人影時，他便對著這個人影說：「對不起，我以為這個箱子是沒有人的，不知道你在裏面，真是對不起。」

（『百喻經』二・三五）

昨天的糕餅

有一位修行的和尚，應一農夫之邀到農夫家中去參加連續三天的大祭典。這位和尚在農夫家吃到了一種非常美味蜜糖糕餅，於是隔天一大早，他又到了農夫家對農夫說：「請再給我昨天的糕餅。」

但由於農夫家已經沒有和尚要的糕餅，農夫便拿了許多其他的點心出來，但和尚卻都不要。

農夫實在沒辦法就問和尚說：「大師，您到底是要吃什麼糕餅？」由於和尚也不知道那糕餅叫做什麼，於是他東想西想後便對農夫說：「我要的就是『昨天的糕餅』。」

由於和尚一直嚷著要，農夫只好告訴他：「『昨天的糕餅』真的已經沒有了，因為做糕餅的人都已經骨折了。」和尚一聽便回答說：「那去找可以做的人來做呀！」

這時農夫心裏想：「這個和尚未免太任性了！我得好好的整整他。」於是他便對和尚說：「好吧，既然如此，那就來做『昨天的糕餅』吧！」說著說著，他便荷起鋤頭，並且把二個裝了食物的壺放在和尚頭上，帶著和尚往田裏走去。在途中他對和尚說：「不論我做什麼，您都得跟著我做。」

當他們走到農地時，農夫把鋤頭重重的往地上一扔。和尚看見了也學他的樣子，把頂在頭上的壺扔下。農夫非常生氣的看著和尚並罵他，而和尚也學著他的樣子回罵。

這下子農夫更加忍無可忍，便拿起棒子往和尚身上扔，而和尚則又學他撿起鋤頭扔他。這時農夫開始害怕，於是便握緊了拳拼命往家裏跑。

和尚心裏想：「這大概是做『昨天的糕餅』的方法。」於是也跟著農夫的後面跑。農夫跑到一半便把自己的貼身衣物脫下掛在荊棘林中，並且害怕得繼續跑。當然和尚看見了，也脫下自己的貼身衣物，學著農夫的樣子掛在荊棘林中，當農夫跑回村中時，有一位路過的婦

女把上衣給了他，他穿上了後又繼續往家裏跑。

而追在後面的和尚一看，卻剝下這名婦女的貼身衣服，學農夫的樣子往自己身上穿，然後繼續追。這名受到驚嚇的婦女，只好去躲在他們兩人掛著貼身衣物的林中了。

這個嚇得已經渾身發抖的農夫，以為和尚要追著他打，便急忙的躲進了穀倉中。而追在後面的和尚則又學他的樣子躲進了另一個小倉庫裏，就這樣過了三個小時，躲在小倉庫的和尚忍不住的說：「『昨天的糕餅』做好了沒有？」

農夫一聽才放心，知道和尚不是要追打他，於是他便從穀倉走出來，當然和尚也從小倉庫走了出來。

農夫這時好不容易的找到了一個前一天剩下的蜜糖糕餅，並把它給了和尚，於是和尚便很寶貴的帶著這個糕餅準備回家。這時已經累得上氣不接下氣的農夫，很無奈的對和尚說：「請你不要再來了吧！」

（『苦行僧愚行三二篇』二三）

五百個歡喜丸

有一個很淫蕩的女人非常討厭他的丈夫，一有機會就想要謀害她的丈夫。有一次，她的丈夫要到鄰國去旅行，於是這個女人便計畫利用這個機會來害死他。

她便做了一些已經下了毒的丸子，在她丈夫出門之前交給他，並對他說：「因為你這次是要到比較遠的地方去，所以，在途中可能會遇到一些意外的狀況，我自己做了五百個歡喜丸，你帶在身邊，萬一有困難時，就可以拿來充飢。」她的丈夫不疑有詐，便帶這些丸子出門了。只是一路上都沒有機會食用。

有一天晚上，他停宿在一片陰暗的樹林中，由於他怕受到樹林中野獸的襲擊，便爬到樹上睡覺，但當時他卻把那五百個歡喜丸遺落在樹下。

入夜之後，有五百個強盜，從皇宮中偷了五百匹馬和珠寶。他們剛好

來到這棵樹下歇腳，當他們正感到肚子餓的時候，恰好看見了那五百個歡喜丸，於是他們便一人吃了一個充飢，當然只一會兒的時間，這五百個強盜就全都死在樹下了。

天亮後，樹上的這名男子看見樹下死了這一群盜賊，便心生一計，拿起刀箭在這些死屍身上砍了砍，然後帶著被盜的五百匹馬和珠寶往這個國家前進。在途中他遇到了國王派出來追緝盜賊的大隊人馬，這些士兵便把他以盜賊的嫌疑捉了起來，帶他去見國王。

在國王審問他時，他對國王說：

「陛下我是這個國家的子民，在途中，我剛好碰見了那一批盜賊，於是便和他們打了起來，並且將他們五百個人都殺了，這些盜賊都已死在林中的樹下。而我是特地帶著這些馬和珠寶來歸還給陛下的。陛下如果您不相信的話，您可以派人到林中去一探究竟。」

於是國王便派了士兵去林中察看，果然一切都如這男子所說，於是國王一高興便賜給了他官位，珠寶和土地。

過了一段時間，在這個國家的領域內出現了一頭非常兇猛的獅子，這頭獅子已經嚴重的威脅了人民的生命。

於是國王便把這名男子找來，要他想辦法去制伏這頭獅子。獅子一看見這名男子，便對他大吼一聲，而他竟嚇得直往樹上爬，這頭獅子也就虎視眈眈，張開了嘴巴仰頭怒視這名男子。

恰巧這時，這男子所佩帶的刀劍掉了下來，不偏不倚的落入了這獅子的口中，這一來獅子便倒地一命嗚呼了。而這名男子連忙向國王報告了這個好消息，當然國王也給了他更優渥的封賞。

（『百喻經』四・六五）

註：

所謂歡喜丸指的便是糕餅類的點心，其名稱乃是由梵文直接依其字根翻譯而來。在『大智度論』一書中有指出「歡喜丸乃是用百種藥草所做成的藥果，具有百味感」，所以，大致可以了解到製作所用的材料。另外也有人認為歡喜丸是一種春藥，不過這種說法並不多。大多數仍將它視為糕餅類的點心。

在喀什米爾一帶，也有根據這個故事另外架構起的一種故事說法流傳著，下一篇則介紹在喀什米爾所流傳的類似題材。

矮織工（喀什米爾的民間傳說）

以前有一個叫做「否帝」的織布工。他的頭很大腿很短，個子相當矮小長得非常滑稽，因此大家都不直接叫他的名字，而稱他為「矮織工」。否帝雖然被人譏笑，但他卻經常不堪受辱，常不甘示弱的對別人說：「我有著別人沒有的勇氣，任何事我都不會懼怕，而且會勇往直前的做。」只是地方上一直都很平靜，根本沒有機會讓否帝去實現別人不敢而他敢做的事，也因此他更成為大家嘲弄的對象。

有一天，當他正在織布右手操縱著機杼時，左手恰好有隻蚊子停在上面。他一面織著縱絲時，一面「啪」的一聲把那隻蚊子打死了。這下子，他高興的大叫說：

「這就是我常說我比別人厲害的地方。我真的是比別人有勇氣。打死蚊子和織布當然對任何一個人來說，都非常簡單；但是要一方面織布一方面打蚊子可就相當困難了。別人看起來也許很容易，但真正能把布織好又能描準蚊子打下去，大概只有我可以辦得到。」

否帝想了又想，越覺得自己偉大，於是他便到處去告訴人家，他真的是英勇無比，並且要大家今後只能叫他名字，不能再叫他「矮織工」。當然所有的人聽到了都笑得不得了，而他太太則受不了別人的譏笑很生氣的對他說：「你不要到處去丟人現眼，安安靜靜的，別到處亂說話，讓別人更加看不起你，恥笑你。」

由於他太太說得非常露骨，否帝再也忍不下去，便抓著他太太的頭髮打了起來。並且憤怒的告訴太太，他不要再待在這個地方，要她去替他準備便當，而自己則去整理行李。接著他就帶著他的機杼及他太太替他準備的大麵包，離開了他所居住的地方。

他來到了一個城市。這個城市中出現了一頭非常令人害怕的大象，牠只要一出現就會殺害這裏的居民，而卻沒有人可以把這頭大象制伏。

否帝一聽到這個消息，他心裏便想：「我的機會來了，我能用機杼殺

死一隻蚊子，我當然也可以殺死一頭大象。」於是他便去找國王，毛遂自薦說他可以制伏大象。國王想說這名男子也太過於輕狂吧！算了反正死馬當活馬醫，就答應讓他去試試。

大象出現的時間並不一定，所以，否帝便帶著他的機杼主動出發要去尋找這頭大象。很多人都勸他應該帶些刀、箭才對，但他卻說：「我用這個比較習慣。」而不管別人的勸告，就出發了。

大家看著他搖搖晃晃的走著，心裏都覺得很滑稽，而大多數的人則到城樓上看他到底要怎麼制伏大象。但他們所看得見的卻只有否帝帶在身邊的機杼而已。

否帝在大象出現看著他時，他的勇氣早就消失的無影無蹤，完全忘了自己是偉大的否帝，把行李和機杼全部往地上一扔，盡他那雙短腿所能發揮的最大極限，拔腿就跑。

再回過頭來說，否帝的太太本來心地就不好，那天為了責罵否帝到處宣揚打死蚊子，被他狠狠的打了一頭，更是怨氣難消，於是當否帝要她替

他準備便當時，她便在裏面下了毒，準備毒死他。

而這頭大象在追否帝時，看見他所帶的香噴噴的麵包，便一面追著否帝，一面把麵包用鼻子捲起來，往嘴中塞。否帝拼命的逃，大象在後面拼命的追。就在否帝上氣不接下氣無法再撐下去時，轉頭一看，大象卻在同時倒地不起，因為牠吃了太多麵包而毒性大發。

城裏的人遠遠的看著，都感到非常驚訝，甚至懷疑自己的眼睛是不是看錯了，於是大夥便趕緊出城到現場一看，卻看見否帝安穩的坐在象背上擦著汗，於是大家更感到不可思議，連忙跑去告訴國王。國王立刻召見了否帝，並且封他為將軍。

過了一陣子，國內又出現了一隻非常兇猛的老虎，又是誰也拿牠沒辦法，於是大家便請國王再派否帝去制伏這隻老虎。

否帝這次穿著大將軍的鎧甲，帶著兵器，領著大隊人馬準備去制伏這隻老虎，但卻忘了帶他認為最重要的機杼。

他在出發前，國王曾答應他，如果他能制伏老虎的話，就要把公主嫁

給他，於是他便更加的充滿信心。

但是，當老虎一出現，擺動著尾巴看著他時，他卻又嚇得不顧一切的往樹上爬，躲在樹枝間。士兵們看到這種情形，便把指揮官像兔子似的爬到樹上，又像猴子似的躲在樹枝間，而樹下老虎卻虎視眈眈的狼狽情形，連忙的跑來告訴國王。

而否帝在樹上看見樹下老虎，張牙舞爪翹著尾巴望著他的情景，嚇得差點就從樹上跌下來。

就這樣一天天的過去，到了第七天，老虎由於肚子已經太餓了，看起來樣子就更加恐怖。而否帝也因為實在餓得受不了，便鼓起最後的勇氣，決定趁著老虎午睡的時候趕緊找機會逃走。

當否帝爬下樹，雙腳快要踩到地面時，在午睡中的老虎卻突然醒了大叫一聲，站起身來。否帝嚇到了又不顧一切的再往樹上爬，而正當他雙足倒掛之際，繫在他腰間的短劍卻脫鞘掉下，直接落在老虎張大了的喉中，並直接刺入老虎的肚子，於是老虎便當場死亡了。否帝在樹上看見老虎一

動也不動，便下了樹，把老虎的頭砍下用布包好，拿去見國王。

於是國王只好依照先前的承諾，把公主嫁給否帝。

又沒多久，一直對這個國家有敵意的鄰國，由王子率領了大軍進攻這個國家，並且已經將整個城市重重包圍了。於是大家又都來請否帝幫忙他們擊退敵人。

所以，國王又承諾將一半的國土分給否帝，只要他能讓敵人退兵。

一直以來意氣風發的否帝，這次卻非常的煩惱，他心裏想：「以前我都只是一對一，而如今卻要面對千萬人的軍隊，看來是不可能得勝的，算了吧！我還是保命要緊，做織工就好了，不要再做大將軍了。」

於是到了晚上，他把在睡覺的妻子叫醒，並把一些金盤包了起來，對妻子說：「雖然我們有很多金盤，但我們現在逃命要緊，需要的帶著就好了。你跟著我走吧！」

他便和妻子偷偷出了城，穿過敵人的陣地，準備逃走。但在途中卻有一隻黃金蟲飛到他臉上，他嚇了一跳連忙轉頭對妻子說：「快逃啊！」結

果，他又拼命的跑回家，並把門窗都緊緊的關上。

但當他和妻子在往回跑時，他們所帶的金盤卻在驚慌中掉在地上，發出了聲音。在睡眠中的敵軍聽到了聲音，在半睡半醒之間，以為否帝帶了軍隊來偷襲，於是大夥便摸黑拿起兵器打了起來，當然到了天亮一看，他們都誤認自己人為敵人，結果統統在一片混亂中，自己打自己，全部都打死了。

也就這樣，否帝又意外的得到了一次勝利，而且也得到國王所承諾的一半國土。幸好，此後再也沒有意外發生，使得他終於可以享受平靜的生活。

無水池

有一個非常愛誇耀的國王，在自以為豪華異常的府邸中宴集賓客。並在三個豪華的水池前問大家說：「你們知不知道，為什麼這裏有三個水池呢？」

於是便有人說：「那一個是裝溫水，而另一個則是裝冷水。」

國王又問：「那還有一個呢？」

這時便有人說：「另外那個便是為了像你這種不會游泳的人所準備的無水池。」

（摘自報紙）

熊的忠告

有二個好朋友一起出外旅遊。突然間出現了一隻熊。其中一個非常害怕，不管三七二十一就往身旁的樹上爬，躲在枝葉之中。而另外一個想著絕不可以和熊發生正面衝突，於是他便裝死躺在地上。因為他聽別人說過熊是不會吃死人的。

熊走到這名男子身邊，碰了碰他的胸、鼻及耳。而他身體一動也不敢動，並且摒住呼吸，所以熊以為他真的已經死了，站了一會便走開了。

躲在樹上的人，看見熊已經走遠了，便從樹上爬下，問那一個裝死的人說：「熊在你耳邊說了什麼？」這個裝死的人便回答他說：「啊！這也不是什麼大不了的事。牠告訴我說在危險時，把身邊好朋友丟下，自己逃命去的人，大概也不是什麼好東西啊！」

（『印度語言調查』第七卷）

會錯意

某村中住了一個織布工。他很努力的工作，稍微有一點積蓄。於是他對他太太說：「我想用我的積蓄去買一頭水牛，這一來我們便可以自己有牛奶，而且也可以做一些乳酪來吃。」

他太太一聽回答他說：「不用這麼麻煩吧！我回娘家去拿一些牛奶和乳酪回來不就行了。」

沒想到太太還沒說完，這個織布工就很生氣的打著他太太說：「難道我已經窮到吃不起喝不起，要妳回娘家去要的地步了嗎？」

他太太也很生氣，覺得受了委屈便決定回娘家去。織布工想了想覺得自己不對，便決定去把太太追回來，這一追就追到娘家了。

這時，他大舅子剛好走出來，問他為什麼到這裏來。織布工很不好意思的說：「我存了點錢要去買水牛，然後擠些牛奶……」當他正要詳詳細

細說明原委時，他大舅子卻揍著他說：「原來每天跑來踩我田地的就是你養的水牛。」

（『印度語言調查』第五卷之二）

眼藥治腹痛

有一個病人對醫生說：「大夫，我的肚子很不舒服。」

醫生便問他：「你今天早上吃了什麼東西？」

這名病人回答說：「我吃了用火鍋烤過的熱麵包。」

醫生聽了之後，拿了眼藥給他，並對他說：「如果你不是眼睛有問題的話，又怎麼會用火鍋來烤麵包吃呢？」

（『印度語言調查』第九卷之一）

註：與這故事相類似的是一則病人因吃了已經變質的麵包而肚子痛，但醫生卻告訴他如果不是眼睛有問題，怎麼會去拿變質的麵包吃呢？於是

同樣給了他一瓶眼藥的小故事。（『愚者小故事』九七頁）

農夫看電影

有一位農夫，第一次到電影院看電影。他對售票員說：「我要價錢最高，最好的位置的票。」於是工作人員便帶他到一樓鋪著座毯的特別座。但是，這位農夫卻說：「我付了最高的價錢，為什麼座位在這麼後面呢？我要坐到最前面去。」電影院的工作人員心裏便想：「這個老頭根本什麼都不懂，說了也是白說。算了就讓他坐最前面吧！」於是便照著農夫的意思，帶他去坐在最前面。

當螢幕上出現一輛火車迎面開過來時，這位坐在最前面的農夫，大叫著：「火車快輾到我們了，快逃啊！」結果他一個勁的往外跑，卻不小心撞到了門而暈了過去。

當他在醫院醒來時，就說：「那火車輾到誰了呀？還好我求救得快，

其他的人大概都被火車輾死了吧！」

（取材自民間傳說）

收成好的秘訣

有一個農夫的耕種技巧非常高明，他每次的收成都比別人多。村裏的人都議論著：「為什麼那傢伙的收成總是那麼好呢？」

有一天，村裏的人都躲到農夫的田地上，想要看看他究竟有什麼特別的秘密才能使收穫增加。而他們只見到農夫一直勤快的工作著。

農夫雖然用犁耕田，但他還是累了，於是他便爬到田中的大樹上，靠著樹枝稍做休息。

這個時候，農夫所包在頭上的頭巾碰到了樹上的蛇窩，於是蛇窩裏的蛇便爬到農夫的頭巾上了。

農夫並不知道頭巾上有蛇，於是在休息之後，他便繼續在田裏工作，一直到他妻子拿便當過來給他。他妻子一看見他便說：「喂！你頭巾上那是什麼東西啊？」農夫並不知道發生了什麼事。後來他妻子靠近一看，嚇了一跳說：「那是一條蛇吔！」

於是農夫便說：「那你快幫我把牠弄走呀！」可是他妻子卻不知道該如何下手。

農夫便告訴她：「我就這樣站著不動，然後妳就從我的頭打下去，那蛇就會被打掉了。」

農夫的妻子照著農夫所說的方式，一棒從農大的頭打下，而那條蛇果然被打下來了。

這時躲在旁邊看耕田秘訣的村民們便想：「這大概就是收成好的秘訣吧！」於是大家便紛紛的趕回家，然後都叫自己的妻子用棒子重重的往自己的頭上敲。

（取材自民間傳說）

洗貓

有一個理髮師非常喜歡動物，所以，又養狗又養貓，並且經常帶著狗和貓到處散步。

洗衣店的老板看到了，心裏也想養隻貓。於是便真的養了一隻小貓，仔細的照顧牠，然後貓也一天天長大了。

有一天，他心血來潮準備第一次好好替貓來洗澡。洗著洗著，有一個過路人看見了，便對他說：「貓不能像狗一樣的洗澡呀！這會感冒的。」

而洗衣店的老板則回話說：「才沒關係呢！要是不幫牠洗乾淨，那牠多可憐呀！」「這也許是我的工作習慣吧！」

這個過路人想想也沒法勸他，便離開了。可是，當他回來經過洗衣店時，卻發現那隻小貓死掉了。他便問：「這隻貓是怎麼死的呢？」

路旁的人插嘴搶著說：「都是剛才洗澡洗死的呀！」

這時，洗衣店的老板則反駁這個人的回答，而告訴那路人說：「才不是洗死的呢，是洗過後，我又照著職業習慣，把牠丟進脫水槽脫水，牠才死的。」

（取材自民間傳說）

四個男佣人

有四個男佣人，經常聚在一起爭論到底誰比較聰明。

其實，他們四個本來都是小偷。有一天晚上他們要出去作案時，走到了一個叉路路口。

其中一個佣人就建議說：「你們三個人留在原地，我一個人去偷就行了。」而另一個則說：「不行，我們二個人一組，一組往右走，一組往左走比較好。」結果他們就為了該用誰的建議比較好，而一直在路上討論到天亮，卻都沒有作實際行動。

這時迎面來了一個騎著馬的農夫，看見他們四個人一直在爭吵，就問他們到底發生了什麼事，而他們卻跟農夫說沒什麼事。那農夫懷疑地對他們說：「沒事就是有事。」於是這四個小偷忍不住便對農夫說：「我們四個人要出來偷東西，當我們走到路口時，便商量要怎麼分著走，結果不管怎麼算，都只有三個人而已。」

農夫說：「怎麼會是三個人呢？你們明明有四個呀！」

小偷一聽便說：「那我們再來算算看！」於是其中一個小偷拉著一個人的手喊：「一個。」又拉著第二個喊：「二個。」再拉第三個喊：「三個。」然後說：「你看，三個就是三個。」

結果，當他們四個都輪著算完後，每個人都說只有三個。當然，他們在算的時候都把自己給忘了。

農夫便問他們說：「如果我能算出你們有四個人，你們要怎麼辦？」

這四個小偷回答說：「不管我們怎麼算明明原來有四個人卻都只能算出三個，如果你能算回我們原來四個人的人數，那我們願意當你的佣人替你工

作。而薪水也不計較，隨你的意就行了。」

這時農夫便說：「好，就這麼辦！我就算給你們看，仔細看好哦！」

接著他便去找來了四片葉子。

農夫對他們說：「你們看！這裏有四片葉了，你們數看看對不對。」

接著他把其中一個叫過來，在他頭上放了一片葉子喊：「一個。」又叫第二個人過來，再放第二片葉子在這個人頭上喊：「二個。」就這樣當他喊到：「四個」時，葉子也剛好放完了。

他便對他們說：「怎樣，的確是四個人沒錯吧！」他們四個也說：「是呀！的確四個人呀！」

於是農夫便把他們四個人帶回家，給他們飯吃，讓他們換衣服，接著開始給他們分派工作。

農夫給第一個人的工作，是要他照顧農夫的母親。農夫對他說：「我母親年紀很大了，所以你要好好照顧她，要替她準備食物，驅除蚊蠅，而且當天氣熱的時候要用扇子幫她扇風。」這第一個佣人說：「是的。」之

後，便往農夫母親的房間走去了。

農夫要第二個佣人上街去買油。農夫把錢交給他，並且說：「你去市場買罐裝的大豆油。」這佣人拿了錢便立刻出門，但是，由於正當中午天氣很熱，使得本來是固態的油都融化了，所以他走著走著，罐子也跟著搖動而發出了咚咚！咚咚！的聲音。

他心裏想：「這傢伙一直跟著我，到底是什麼東西？」於是他便對著罐子說：「喂！你到底是什麼東西？快現形吧！如果再不現形，我就要殺了你。」

但由於沒有任何的反應發生，他便又把罐子搖了搖，結果又發出了咚咚！咚咚！的聲音。

他心想：「一定是妖怪跑到罐子裏了，我應該趕快把它殺死才對，對了！說做就做。」他便把罐子打開，往裏面一看，卻看見反射在油面上自己的影像，他便想：「這個妖怪太厲害了，看來它想連我都吃掉。」

他為了要消滅妖怪，便把罐子高高舉起，然後往旁邊的石頭一扔，當然罐子破了，油也流光了，妖怪也就不見了，於是他想著：「妖怪終於走了。」便很高興的回去了。

農夫問他：「油呢？」

他便吞吞吐吐的說：「油我已買了，不過……。」他原原本本的把經過告訴了農夫。農夫長嘆了一聲只好對他說：「好吧！能救你一命就好。你快去吃飯吧！」

接著農夫對第三及第四個佣人說：「你們用牛車去載些草回來吧！」

他們兩個便依著農夫所說開著牛車出門去了。但由於沒下雨空氣很乾燥，所以牛車發出了「嘰嘰」的聲音。

到了牧草場，他們下了牛車，看見堆得非常高的牧草，於是他們便對著牛車說：「好了，帶著牛回去吧！」當然牛車沒有發出任何反應。

這時他們心裏便想著：「牛車這傢伙大概死了，來的時候沿路一直『嘰嘰』的叫不停，現在要它回個話卻發不出聲音來。」

他們便商量是要把這死掉的牛車帶回去呢。還是直接把它火葬呢？結

果，他們便決定就地把這牛車燒了，於是他們便在草上和牛車上灑了油，點了火，便全部燒得一乾二淨了。

回去後，農夫問他們說：「草都割好了嗎？」他們倆人便回答：「割好了也堆好了，但是……。」當他們詳細說了整個經過後，農夫心裏想：「這些人真的是一點用都沒有。」但他也沒有責罵他們。

而第一個農夫安排去照顧他母親的佣人，則照著農夫指示：「拿飯給母親吃。」準備了飯，送去給農夫的母親。農夫母親的鼻子上沾上了一粒米，所以便有一隻蒼蠅停在米粒上。佣人用扇子趕也趕不走那隻蒼蠅。

佣人心裏想：「主人要我好好的照顧老太太，這下子可慘了，除了把蒼蠅弄死外，似乎沒有別的法子了。」

於是他便拿起身旁的木棍，狠狠的往老太太鼻子上一揮，蒼蠅終於落地死了，而老太太也倒地不動了。

「糟了，不得了了，老太太到底怎麼了。」於是男佣人便連忙去把醫生找來。

他對醫生說：「老太太究竟怎麼了？剛才問她話她都不回答，大概是我主人沒來看她，而使她生氣吧！」

醫生抓起老太太的手，按了按脈搏說：「她大概沒法說話了，已經沒什麼生氣了。」

這佣人急得直跟醫生說：「所以，我那麼飛快的請你來，拜託你趕緊救救她吧！」

醫生拿起強心劑對著老太太的手注射下去，但卻已經回天乏術了。

這時男佣人心想：「剛才老太太本來還能說話，可是醫生來後，不知給她注射了什麼，她卻真的不再開口了。」便又拿起木棒要修理醫生，而醫生也非常生氣不理他就回去了。

最後男佣只得一五一十的把事情告訴他的農夫主人。農夫一聽無可奈何的把他們四個人統統叫過來說：「算了吧！你們都可以走了。」

（取材自民間傳說）

比小氣

有三個小氣的人，有一天聚在一起討論著到底誰是最小氣的人。雖然他們一直各說各的，但最後終於決定以在麵包上塗奶油的習慣來決定到底誰最小氣。

第一個人說：「我通常只把第一片麵包塗上奶油，而後要吃的麵包則通通只沾第一片上的奶油來吃，不再另塗奶油。」

第二個人說：「哎！你還是用了太多奶油。像我通常都只把麵包沾奶油蓋上殘留的奶油。」

第三個人則說：「你們兩個實在是太浪費了。我都是只用眼睛看看奶油蓋上殘留的奶油，然後再用眼睛看著麵包，想像奶油塗在上面的樣子，就能把麵包吃完了。」

最後，其他兩個人只得認同第三個人是最小氣的人。

（取材自民間傳說）

語言篇

下水道與摩尼珠

有一個婦人趁著丈夫不在家時，與情夫偷情。他丈夫回來後，便在門外等著，準備當他妻子的情夫出來時，把他殺死。

可是這個婦人卻發現他丈夫已經回來了，便對她的情夫說：「我丈夫已經回來並且在門外等著你，你快點從下水道（音發為：Mani）逃出去吧！」

這個受了驚嚇的情夫以為這婦人叫他把屋內的摩尼珠（音亦發為：Mani）找到就可以逃出去，於是便在屋內翻箱倒櫃的找摩尼珠。最後當這婦人的丈夫等不住衝進來後，便把這個還在找摩尼珠的情夫殺死了。

（『百喻經』四・九四）

註：　原題為「摩尼水竇喻」：

昔有一人，與他婦通，交通未竟，夫從外來，即便覺之，住於門外

，伺其出時，便欲殺害。婦語人言，我夫已覺，更無出處，唯有摩尼（即下水道），可以得出，欲令其人，從水竇出。其人錯解，謂摩尼珠，所在求覓，而不知處，即作是言，不見摩尼珠，我終不去，須臾之間，為其所殺。

直接由漢譯來看其所謂摩尼即為下水道（水竇孔），但在梵文中摩尼乃是指摩尼珠之類的寶石或是佛教所用的水瓶。在梵文原文及『愚人集』中並沒有這類似故事的記載，而印度人的家中也沒有戶戶相通的下水道設備，所以本文中音譯之摩尼的真實意義，則尚有些微不解的疑問點存在。

斷句的錯誤

有一位師傅得了急病，他的一個小徒弟便急著去找醫生，醫生了解了情形之後，就對小徒弟開了四種食品，要他和著給師父吃，醫生所開的是糖蜜（音：Guda）、小豆蔻（音：Datima）、乾生薑（音：Snti）、黑胡椒（音：Miri）。

於是小徒弟便沿路唸著這四個發音，但他當回到家中時，卻忘了這四個音怎麼斷字，他只好湊和著先拿起鐵槌（音：Gadada）打師傅，而對於Tima Sn及Timiri他卻怎麼想也想不出這二個字的意思。於是也只好再到醫生那裏，重新問一次治師傅的方法。

醫生一聽，對他說：「你真的是一個大笨蛋，連治病的方法都記不起來。」但也只好重新再教他一遍了。

（『苦行僧愚行三二篇』一八）

忘記祝辭

有一戶人家兒子結婚，於是大宴賓客。他並請來一位婆羅門教的大師在宴客的廣場上對這對新婚夫婦說些祝辭。但這位大師因為從來沒有見過這麼盛大的場面，便緊張得把只有短短幾句的祝辭都忘得一乾二淨了。

他兩眼翻白想了好久仍然想不起準備好的辭，最後他一緊張便把臨時

想到要講的：「希望兩位能『互信互愛』（原文音：Bhaktich）。」講成：「希望兩位掉到『竈中』（原文音：Bhatthih）而使得在場的賓客們都大笑不已。」

（『苦行僧愚行三二篇』二一）

註：大師所想說的是：Dvayor bhaktih Patatu，而他實際說的則是：Dvayor bhatthih Patatu。

和尚赴宴

村長在村中大宴賓客，其中有一個人帶著一個和尚朋友，一起來參加這次的宴會。當大家都入座後，服務人員便把糖水倒進碗中。和尚看見了便問他的朋友說：「對不起！請問那是什麼？」他朋友回答他說：「別說話。」和尚心裏想：「這東西大概是叫做『別說話』。」

接著又上了一道用油炸成的麵粉丸子，和尚又問那是什麼東西，而他朋友又對他說：「閉嘴。」接著又上了一道甜點，和尚當然又問這甜點的名字，而他得到的回答卻是：「安靜。」

等宴會完了之後，大家在回家途中走著走著時，和尚便說：「『別說話』就是把水倒到碗中；『閉嘴』就是我吃了的那五個丸子；而大家所吃的甜食，就是我最喜歡的『安靜』。」

（『苦行僧愚行三二篇』二四）

諷刺篇

站著小便的女人

有一個國王的弟弟已經遁世修行當了和尚，但國王因為沒子嗣，所以在他死後，他這個和尚弟弟只得還俗繼承王位。這新繼位的國王雖然因當和尚而戒色慾很久了，但他一當了國王則又意識到性的需要，於是他便發出命令要國內的人獻出處女嫁到宮中來。就這樣他沈溺於女色之中，而後宮中便是到處都是各地呈獻的未婚女子。

有一天，有一個女子便在其他女生面前脫光了衣服站著小便，所有的人都嚇了一大跳，但她卻對著其他的後宮女子說：

「我們同樣是女生，我在你們面前這麼做，你們會覺得我很可恥，但是，當你們面前站著的是國王時，難道你們不會覺得羞恥嗎？」

所有的人聽了都覺得她說的話很有道理，也都想脫離這個環境，於是她們便一起殺了國王而得到解脫。

（『賢愚經』卷十一・五二。「無惱指鬘品」）

註：　類似故事在『雜寶藏經』八・九七中亦有記載。

老太婆與醫生

有一個老太婆的視力越來越差，於是她便去找醫生治療。但在治療前她請了一個證人作證，因為她和醫生約定如果醫生能治好她的眼睛，她便給醫生一筆大大的酬金；但如果醫生無法治好，則她不必付半毛錢。

醫生便照著雙方的承諾，每隔幾天就來替老太婆換眼藥，但卻也順手偷了老太婆的家當。就這樣過了一陣子，老太婆家的東西幾乎都被醫生偷光了，於是醫生也就是告訴她眼睛已經治好了，老太婆深信不疑便拿了一筆酬金給醫生，但當醫生把眼藥清除拿下紗布時，老太婆一看便看見家中值錢的東西都不見了，她這時知道這些東西都被醫生偷走了，於是她要求醫生把酬金還給她。

就在鬧得不可開交時，醫生和老太婆把證人找來，然後上了法庭。

這時老太婆對法官說：「正如醫生所說的，如果他治好我的眼睛我就得給他一筆酬金，於是當他告訴我，他已經治好我的眼睛時，我就很乾脆的給他一筆錢。可是當我真正張開眼睛時，就覺得他必需要把錢還給我，因為在他醫治之前，我多多少少還能看見我家中的家具或器具，可是當他說他治好我眼睛之後，原本可以看得見的東西，卻都看不見了。」

（『印度語言調查』第八卷之一）

公牛的牛奶

有一天，阿克巴爾大王對比爾巴爾說：「你去拿公牛的牛奶來給我，如果你沒拿來，我就要剝了你的皮。」

比爾巴爾感到非常煩惱，回家後就躺在床上，一直想到底該怎麼辦才好。這時他女兒經過，心裏想：「父親從來沒有這麼煩惱的想事情，一定

是發生了什麼大事。」於是她便問比爾巴爾到底發生了什麼事。

但比爾巴爾卻告訴她沒事，叫她別操心，於是她便對父親說：「爸爸如果你有心事，卻把心事悶著不說，那似乎於事無補。」

比爾巴爾沒法子騙自己的女兒，便老實的跟她說：「大王要我拿公牛的牛奶去給他，如果我辦不到，他就要剝了我的皮，我實在不知該怎麼回覆大王，所以，只好暫時答應替他準備，哎！這到底該怎麼辦呢？」

比爾巴爾的女兒一聽，就告訴他說：「爸爸，這沒什麼大不了的，我有辦法，您別耽心。」

他聽女兒這麼一說，暫時放鬆了一點心情，也就不再那麼害怕了。

到了天快亮的時候，比爾巴爾的女兒便打扮好，拿了一些布往城門旁的河邊走去。這時大王在城上巡視恰好看見了，就把她找過來，問她為什麼天還沒亮，就到河邊來洗東西呢？

比爾巴爾的女兒便回話說：「因為剛才我父親生了一個男孩，所以，我得趕緊把這些布洗一洗。」

國王一聽很生氣的說：「笨蛋，我從來也沒聽說男人會生小孩呀！」比爾巴爾的女兒便趁機插嘴說：「那國王也應該沒聽過擠得出牛奶的公牛吧？」

國王被她這一說弄得啞口無言，便說：「待會叫比爾巴爾來見我。」

天亮了，比爾巴爾上了城去見大王，大王問他：「公牛的牛奶呢？」這時比爾巴爾便回話說：「大王，我女兒不是已經把公牛的牛奶交給您了嗎？」經他這麼一講，國王也就不再提起此事了。

（『印度語言調查』第九卷之一）

註：　類似的故事在『阿克巴爾與比爾巴爾小笑話』中也有記述。

聰明的妻子

以前有一個國王聽說他的國內有一名商人家財萬貫，於是他便想要得到那個商人全部的財產，而且要讓商人毫無怨言。於是他便把商人叫來對

他說：「我要你去找四樣東西來給我。第一是會越變越少的東西，第二是會越變越多的東西，第三是不管增減它都不變的東西，第四是不管增減都一直在改變的東西。」而且說：「我給你六個月的時間，你去把這四種東西找來給我。」

就在國王的要求與命令下，這名商人並且寫下切結書表示，如果在六個月內沒辦法找到這四種東西，則他必須毫無異議的把所有的財產都給國王。

他回家以後，便透過所有的往來客戶或朋友，發出信函請大家無論花多大的代價都要幫他找到這四種東西，但是，所有的回音或來信都說沒聽過這四種東西或是根本找不到這四種東西。

日子一天天的過了，商人也就更加的耽心，他想到自己所有的財產都要給國王，就更加捨不得而心情也越來越沈重。

他的妻子看見這種情形，便問他到底發生了什麼事，請他說出來聽聽看。但他卻不想告訴他的妻子，於是他妻子便說：「如果你不告訴我，我

就不離開。」最後他沒辦法只得詳細的告訴她說：「國王要我去找他所要的那四樣東西，如果找不到，要我把所有的財產都給他。」

他妻子聽了他的述說後，對他說：「你放心，這四樣東西，在我出嫁時已從娘家帶來了，我非常小心的保存著，你只要告訴國王說，我知道這四樣東西是什麼就行了。」

商人要求他妻子先把這四樣東西給他看，但他妻子卻說：「你去見國王時，就對國王說，那四樣東西只有女人才能拿。」

於是商人便只好照著他妻子的話告訴國王，而國王便對他說：「你自己和我做約定，如今卻說這種話，如果只有女人能拿的話，那去把你妻子帶來吧！」

國王便派了使者去找商人的妻子來見他。商人的妻子對使者說：「我只能把東西交給女使者，由女使者交給皇后，再由皇后轉交給國王。」

使者回去告訴國王，國王不以為然，又要使者去把商人的妻子找來，就在國王與商人的妻子這樣各說各的，堅持己見的情形下，那使者便來來回回的跑了四趟。最後商人的妻子只好來見國王。

這時她手裏拿了一個盆，盆子裏放了一杯牛奶，一粒燕麥，一粒豆子和一片葉子。她把牛奶放在國王面前，然後把其他東西放在臣子面前。

國王看她這麼做，就說：「這做什麼用呀！這些不是我要的東西，你說為什麼帶這些東西來呢？」

於是商人的妻子便對國王說：「這些當然不是大王您要的東西，我等

一下再說這些東西的用途，但我要先告訴大王您要的那四樣東西究竟是什麼。第一，會越變越少的是人的壽命。第二，會越變越多的是人的慾望。第三，不論增減都不會改變的是人與生俱來的命運。第四，不論增減都一直在變的便是宇宙。」

商人的妻子說完後，國王則說：「好，那麼妳帶來的這些東西又是怎麼回事呢？」

這時她說：「大王的使者依照您的指示，三番四次的來我家傳喚我，卻都平心靜氣，任勞任怨，這種態度不是很像驢子、牛或馬嗎？所以我覺得最適合他們吃的東西便是豆、麥或葉子。而大王您看見別人有的東西就想要，這不是很像小孩子的行為嗎？而小孩子最適合吃的食物便是牛奶。但不管怎麼，您還是國王，所以，也沒有人敢在您面前說不好聽的話，但一旦到了別的地方，也許別人就會議論著認為您就只是像愚笨的動物一樣的愚蠢罷了。」

（『印度語言調查』第九卷之一）

地主的肚子

阿克巴爾大王問比爾巴爾，到底誰的肚子最大。

比爾巴爾回答說：「體型大的人，肚子就比較大。」

阿克巴爾不滿意的問：「那到底誰的肚子最大？」

比爾巴爾回答說：「地主的肚子最大。」

大王又問他為什麼地主的肚子最大，而比爾巴爾則回答說：「關於原因，大王我會說明讓您明白的。」

接著比爾巴爾便在一個附近村莊的地主家躲了起來。

隔天，比爾巴爾並沒有出現在早朝上，於是大王便派人到處去找他。但不管在國內或國外找，所有的人都找不到比爾巴爾。

因此，國王便想了一個自認為可以找出比爾巴爾的辦法。他命令把羊一頭一頭的量重量，然後給每一個地主一頭羊，並且告訴他們說：「在六

個月之內，每天要給羊充分的食物食用，但不能使羊的體重增加，如果羊變重了，這個地主便要受到重罰。」

所有的地主都領到羊，而且也都很煩惱。這時比爾巴爾所住處的地主便問他說：「要怎麼辦才好呢？」

比爾巴爾便教他說：「你到森林去捉一匹狼回來，然後把牠綁在羊面前，這樣一來，羊看到狼便會非常害怕，所以儘管你怎麼餵牠吃東西，牠都胖不起來。」

這地主便照著做，果然六個月後，所有的羊都變重了，只有這地主所養的羊反而輕了。於是大王便想這一定是比爾巴爾替這地主出主意，才有可能做到。所以，大王便對這地主說：「一定是你把比爾巴爾藏起來，快帶他來見我。」

但是，這位地主則一直說比爾巴爾不在他的村中。大王便很認真的問他：「如果不是他替你想辦法，那你的羊為什麼會吃不胖呢？」

這時地主便回答說：「當這頭羊送來時已經生病了，什麼東西都吃不下，也消化不了，一直到最近病況才轉好，所以，牠也就胖不起來了。」

大王沒辦法，只好派人到他屋裏到處看到處找，但仍然毫無收穫。於是大王便頒布命令，只要能找到比爾巴爾就給賞金一千兩。

有一天，地主便帶著比爾巴爾來見大王。大王一看見比爾巴爾馬上起身擁抱說：「你到底躲到那裏去，我到處找都找不到你。」

比爾巴爾這時便對大王說：「我一直都在這個地主的村子裏。大王，這地主的肚子真的很大，因為當您的手碰到他肚子時，你竟然都沒有找到我。」

大王一聽，很滿足的說：「嗯！照你這樣一說，這地主的肚子果然比任何人都大。」

於是大王也賞給了地主一些珠寶。

（『印度語言調查』第九卷之一）

註：　有一個與上述類似的故事是：大王給每個臣子一頭羊，要他們養一個星期，但羊不能變胖或變瘦。而比爾巴爾則利用狼來嚇羊，所以一星期後，只有他的羊體重沒有改變。

但這個類似故事，是從民間傳說收集而來的，並沒有像前文詳細述說大王和比爾巴爾間的對話，不過故事雖不齊全，但整個內容也都大致可以了解。

洩漏往事

有一個婆羅門教的和尚為了賺錢便到城裏去找機會。可是他走了又走毫無收穫，肚子又餓得受不了。到了夜裏他實在已餓得發慌，於是便到了一戶身份卑微的染物店中去乞食。這時，這戶人家因為大概是在辦喪事，所以，他草草吃飽了就離去。過了沒多久，他回到故鄉，時來運轉受到國王的賞識，封他為國師。

有一次有一團戲團，到他家中表演，這時許多有頭有臉的人都被國師請來吃飯看戲。但是，由於這團主不得國師喜愛，所以，儘管他們又唱又跳，卻不見有人獎賞。

團主心裏想：「這些成員似乎都是些沒有欣賞細胞的蠢材，我看我來唱些他們比較喜歡的誦讚神明的歌吧。」於是他便開口說：「現在我們來談談國師……」

他話還沒說完，國師便嚇一跳心想：「難道他知道當初我到染物店吃飯的事，這可不得了呀！」

國師為了堵住團主的嘴，便趕緊對他打賞了一些賞賜。團主一看有這麼好的事，於是他又說一次，國師又趕緊給他賞賜。

就這樣反覆了三、四次，國師已經受不了，於是很生氣的說：「你這傢伙，為什麼三番二次一直重複相同的話。好吧！你既然要把我拿來當話題，那你就說呀！沒錯，我以前進城時，因為肚子餓得受不了，的確在染物店中吃過東西。你大概就是要提這件事吧！好了，現在你可以滾了，而且我也不會付給你半毛錢。」

所有的人聽他這麼一說，都呆住了。而整個宴會當然也就結束了。

（『苦行僧愚行』三二篇九）

註：　染物店是一種身份低賤的行業，婆羅門教徒是不許和他們有任何關係的。這個故事內容在「故事之海」一書中，也有類似的記載。

旃陀羅的女子

有一個身份低的旃陀羅女子，她長得很漂亮，但卻沒有什麼頭腦。她一直希望能嫁給一個最偉大的男人。

有一天她看見國王騎著大象出巡，她認為這該是最偉大的男人，於是便跟在他後面走。

過了一會兒，迎面走過來一位聖僧，國王便從大象上下來，向聖僧行禮，這名女子心想：「啊！原來聖僧比國王還偉大。」

於是她便決定跟著聖僧走。當聖僧來到廟前時，便向神像伏拜。

這時這女子便想：「啊！神像比聖僧還偉大呀！」

她想著想著，這時來了一隻小狗，在神像的腳邊撒尿。她心裏又想：「小狗居然比神像還偉大。」

於是她便又跟在小狗後面走，走著走著又來到一戶旃陀羅的家中，而

小狗正在舐著一個旃陀羅少年的腳。

「哎！搞了半天原來旃陀羅少年比小狗還要偉大。」她想想，便以自己與生俱來的旃陀羅身份為傲。最後她就嫁給那個少年了。

（『愚人集』六一・二〇四）

註：在印度古代，不同身份階級是不能通婚的。而旃陀羅則是所有身份中最低微卑賤的一個階級。

盜賊篇

偷牛賊

村裏一群人，偷了一個男人養的水牛，把水牛帶到村外的大榕樹下宰殺，一起把牛給吃了。水牛的主人知道後，立刻到國王那裏告這些偷牛的人，於是國王便命人把他們通通帶到面前來審問。

這個養牛的人對國王說：「這些傢伙偷了我的牛，我看見他們把牛帶到池邊的榕樹下，殺了之後把牠吃掉了。」

這時在這群賊中，有一個老人走到前面來對國王說：「我們村中既沒有池塘也沒有榕樹，所以，這傢伙分明是在誣告我們，我們在哪個地方殺牛吃牛呢？」

養牛的人一聽憤怒的說：「你說什麼呀！我們村子東邊不就有榕樹和池塘嗎？而且你們難道不是在本月八日，殺了我的牛而把牠吃了嗎？」

這老人又說：「胡扯，我們村子沒有東邊，也沒有『八日』。」

他一說完，連國王在內都笑得無法控制，國王便對著老人說：「這樣吧！老先生，我看你是一位很誠實的人，所以，我相信你不會說謊，那麼請你把真實的情形告訴我，你們到底有沒有一起殺牛，吃牛呢？」

老人這時理直氣壯回答說：「我是在我父親死後三年才出生的，而且我父親也教了我很多說話的技巧，所以，我絕對沒有說謊。我們當然都吃過牛肉，但其他的事都是假的，我們才沒偷牛呢？」

他一說完，所有的人都不再笑了，而國王在聽了他的話之後，便罰這群人要拿出罰金，還給養牛的人當作補償。

（『愚人集』六二・二一三、『百喻經』三・四六）

比智慧的小偷

小偷甲是偷竊界的名賊。有一次，另一個偷竊名賊乙來拜訪甲。到了晚飯時間，甲便用一個黃金盤子裝了菜餚來請乙吃飯，這時乙起了貪念，

想把這盤子偷來佔為己有。

然而甲卻早已由乙的眼神看出乙的企圖，於是在自己的床上裝了與盤子相連的按鈕，並裝滿了水後就睡了。乙到了半夜便用吸管把盤中的水吸乾，偷了盤子放在附近的水池中，然後若無其事的回去睡覺。

甲睡醒後發現盤子不見了，摸摸乙的鞋子，發現鞋子和腳都濕濕冷冷的，他便想乙一定是把盤子放在有水的地方，於是他循著腳印走到池邊，終於找到了盤子，帶了回來繼續睡覺。

隔天早上，乙說他要回去了，但甲勸留他說吃過早飯再走。早餐中乙又看見桌上擺了一個裝滿食物的黃金盤子，他心裏想：「這個盤子大概是另一個盤子吧！」

這時甲卻對他說：「吃吧！這就是『那個』盤子。」

當然他們彼此都明白對方心中所想的，但也都心照不宜，而乙則越加的佩服甲高明的偷竊技術了。

（『故事之海』六一）

芥末壺

半夜裏一名小偷潛入了一個商人家中。這時商人剛好醒過來，發現了小偷，於是他便叫起太太故意對她說：「太太，我差點忘了，今天我一個客戶寄了一封信給我，他提到芥末的價格會大漲，明天可能一貫芥末就可以換一貫銀子，妳可得把芥末罐子好好的收好。」

商人的太太聽了便說：「好，我原來不知道，只把罐子放在屋簷下的架子上，明天早上我再好好的把它收好。」

小偷一聽心想，既然芥末的價格會大漲，那偷其他的東西也沒有什麼價值。所以，他便趕緊用布把芥末罐包起來偷走。商人看在眼裏，很高興的想：「還好，他只偷了芥末，其他的東西都沒動到，真是太好了。」

隔天一大早，小偷帶著芥末到市場上去兜售，可是卻都沒人有興趣，所以，他只賣得幾個零錢。他心想一定是被商人騙了。於是他很生氣，決

定要找機會潛入商人家再偷些值錢的東西。

大約一個月後，小偷又潛入商人家中。而商人又發現了。這次一下子小偷就包起了所有貴重的東西，準備離去，而商人心裏想這一次一定要用大家的力量，把這小偷捉起來繩之以法，於是他又叫起太太。這時小偷連忙躲到倉庫中。

商人起身點了燈，告訴他太太說：「我要出去走走，你拿衣服來給我換。」

他太太一聽連忙說：「你這時間要出去走走呀！等天亮了再說。」

小偷當然聽到這些話，但這時商人的太太又把附近的人都叫醒了說：「我先生沒事說現在三更半夜要出去走走，拜託你們阻止他，讓他天亮後再去吧！」

於是所有的人都聚到商人家中，紛紛勸他說現在三更半夜，你要出去等天亮再出去。這時商人便說：「好吧！那我就聽你們大家的話，只是我家有一個小偷躲在倉庫，你們幫我去把他揪出來好嗎？」

接著，大夥便一起抓了這個小偷，將他繩之以法。

（『印度語言調查』第九卷之二）

受到驚嚇的小偷

二個小偷潛入一名男子家，準備大撈一筆。他們在牆壁上挖一個洞先了解一下整個狀況。可是卻看見這戶人家的先生被他老婆揪住頭髮拖到二樓的房間去。過了一會這個男人住在樓下的另一個老婆又拉了他的腳，把他拖到一樓的房間中，結果這個男主人就在二個老婆你爭我奪下，過了很悲慘的一夜。這二個小偷也由洞中，從頭到尾看得明明白白。

天亮後，他們兩人被發現了，男主人便將這兩個小偷捉去見國王。在國王尚未審問之前，他們兩個卻異口同聲的對國王說：「大王，我們願意接受您的任何處置，但只求您千萬別命令我們去娶二個老婆。」

（『印度語言調查』第九卷之四）

七個小偷

有一群小偷經常潛入一戶有錢人家中，有一天這群小偷又準備來偷東西了。

剛好這時，這戶人家的主人對他妻子說：「我明天要借給別人的錢，妳放在那裏？」妻子回答說：「我放在庭中的架子上。」

這一群七個人組成的竊賊，通通聽到了這對夫婦的對話。於是到了半夜，他們就決定要採取行動了。他們其中一個人走到架子下，伸手準備去偷那筆錢。可是卻碰到了架子上的蜂巢而被蜜蜂叮得逃走了。其他的小偷看見了便說：「這傢伙拿了東西就跑我也要去拿一拿。」結果他們一個個都伸手往架上碰，結果也一個個很狼狽的逃回家。

隔一天，他們七個人又來了，這戶人家的主人在中庭曾挖了一個很深的洞，而在裏面堆放了很多濕濕黏黏的甘蔗渣。他對他太太說：「那些金

光閃閃的食器你放到什麼地方去了呢？」他太太回答說：「我把那些食器偷偷的放到你以前在中庭挖的那個洞裏面了。」

這七個小偷聽到後，到了半夜又找到了那個洞，其中一個便先跳下去要找那些有價值的食器，但一下去卻上不來了。其他在上面的人又想：「這傢伙想一個人獨佔呀！我們也下去看看。」於是他們又一個個往下跳，當然全都爬不上來，天亮之後，他們便全部被捉了起來。

（『方言發展』的付錄資料）

白費勁的小偷

有一對夫婦藉著欺瞞不法的手段，積蓄了很多錢財。

某一夜，一群小偷潛入商人家中，而商人恰巧發現了，於是他把太太叫起來，準備用他一貫的欺世手法來騙這群小偷，他故意對他太太說：

「妳好好聽著，最近時局不太安定，村裏常有小偷偷東西。因此，我要把家中的金銀財寶全部聚集起來，然後妳再把這些財寶放到箱子中藏到井裏吧！」

商人說完後，就把一堆石子裝進箱裏交給他太太，而商人的妻子便照他所說的，把箱子放到井裏去。

這些小偷看在眼裏，心想：「妳啊！這些財寶都沈到最底端了，所以數目一定很多。」於是其中一個便說：「我到井裏去看看，然後再把箱子吊起來。」

在大夥都說好之後，他便跳到井裏去，可是箱子實在太重了，根本沒辦法拿上來。於是他又說：「這箱子一定有很多金銀財寶，好重哦，而且這個鎖我也打不開，你們再下來一個幫我吧！」接著便又有一個小偷下了井去。

可是還是沒辦法把箱子弄上來，他們的頭目靈機一動，便說：「那我們先把井裏的水抽出來，可能比較容易把箱子抬上來。」於是大家便又一起忙著抽水。

當小偷在抽水時，這個商人很得意的想：「讓他們把適量的水引到田中，這樣省得我再花功夫去引水入田。」

小偷們拼命的終於把水弄乾，打開箱子一看，結果全部都是石頭。而這時天也亮了，他們只好在無可奈何下，無功而返了。

（取材自民間傳說）

誰的金塊

三個小偷，一起出去作案，結果偷回了一塊金塊。

雖然他們偷到了這有價值的東西，但因為金塊只有一塊，所以，吵來吵去都沒有辦法做好分贓的工作。

後來，他們其中一個建議說：「我們這樣爭吵下去什麼結果也沒有，不如去買些酒來邊喝再邊商量吧！」

他們便決定照這個辦法去做，而派了其中一個人到市集上去買酒。

當買酒的人離開後，留下來的那二個人便商量說：「算了，我們不要讓他分了，乾脆我們平分了不就皆大歡喜嗎？」

而另一方面去買酒的那個小偷他心裏也想：「我在買的三瓶酒中，找一瓶下毒，給那二個傢伙喝，當他們被我毒死之後，我再來慢慢的品酒，而且那一整塊金塊就只是我一個人的了。」

他們都各懷鬼胎，並決定照著自己所想的做。

就這樣，當買酒的小偷帶著酒回來時，留下來的兩個小偷便連手將他殺了，而在打鬥中卻不小心打破了二瓶酒。

當留下的二個小偷殺了買酒的小偷後，他們便拿起另外一瓶沒破的酒喝了起來，而這瓶正是那唯一被下了毒的酒，於是過了一會他們兩人也倒地不起了。

當然最後留下來的，只有他們一起偷來的那塊金塊而已。

（取材自民間傳說）

機智篇

仙女與魔女

有一天，阿克巴爾大王對比爾巴爾說：「比爾巴爾呀！我常聽別人說世界上有仙女和魔女，但是，我從來都沒見過。所以，你去把仙女和魔女各找一個來讓我看看。」

比爾巴爾想了一下，對大王說：「遵命，我去找來讓您看看！」

隔日，比爾巴爾帶了一個家庭主婦和一個妓女到皇宮中，並把她們帶到大王面前。他指著家庭主婦對大王說：「大王，這一位是您所要見的仙女，而另一位則是魔女。」

大王一聽嚇了一跳，連忙對比爾巴爾說：「比爾巴爾，你是不是搞錯了，你說的這位仙女皮膚黝黑，一點也稱不上美麗，而你所說的魔女則長得那麼漂亮，你所說的實在很難令人接受。」

大王說完後，比爾巴爾就對大王解釋說：

「大王，一個人的美並不在他的外表，而是他的心。我所指的這位仙女，她是一個家庭主婦，她非常溫柔細心的處理家中的事，對家付出了心血，使得她的家像天堂一樣的幸福，所以我說她是仙女，而她所呈現出的美卻是永遠都不會褪色的。而這邊這位外表很美的人，則是一個妓女，她只會勾引別人，接近她的往往會家破人亡，而且她外貌的美也會隨著歲月漸漸消失，所以她便是一個魔女。」

大王聽了之後，覺得比爾巴爾的分析沒錯，所以就同意了比爾巴爾的論調了。

（『阿克巴爾與比爾巴爾小笑話』）

永遠的王位

有一天，阿克巴爾大王說：「如果能像現在讓我永遠的坐在這個國王的寶座上，擁有永遠的王位，那我就心滿意足了。」

比爾巴爾聽到後，馬上說：「如果以前每一位君王也都想擁有永遠的王位的話，那大概大王今天也沒機會這樣想了吧！」

（『阿克巴爾與比爾巴爾小笑話』）

誰是貪吃的人

有一次，阿克巴爾大王在後宮和妃子們一起品嚐芒果。這時比爾巴爾也在大王旁邊服侍著。大王吃芒果時，把剝下來的芒果皮和吃剩的芒果核都放到皇后面前。過了一下子，大王突然轉頭對比爾巴爾說：

「比爾巴爾，你看！我雖然吃芒果但卻都沒吃多少，我前面都沒芒果皮和芒果核；而皇后面前卻堆了像山一樣高的芒果皮和芒果核，可見皇后是多麼貪吃的人呀！」

這時皇后羞得臉都紅了，一句話也說不出來，看了比爾巴爾一眼，不知如何是好。

比爾巴爾的畫像

比爾巴爾只好打破沈默對大王開口說：

「大王，對不起有句話我得插嘴說一下。皇后雖然吃了很多芒果，但她還是沒把芒果皮和芒果核吃下去，而大王您卻把皮和核一起吃下肚，所以，您面前當然沒有任何殘餘物啊！」

大王一聽，一句話也答不出來，而皇后也暗自高興比爾巴爾替她解了一次圍。

（『阿克巴爾與比爾巴爾小笑話』）

星星的數目

阿克巴爾大王雖然非常佩服比爾巴爾的智慧，但有一天，他還是想了一個難題，想要難倒比爾巴爾。

他對比爾巴爾說：「比爾巴爾，你知道天上到底有多少顆星星嗎？」

比爾巴爾回答說：「大王，我會數數看天上有多少星星，然後明天早

上再回覆您好嗎？」

比爾巴爾回家後，在一張大白紙上用針穿了數不清的小孔。第二天早上，當比爾巴爾去見大王時，大王便要他回答究竟天上有多少星星。這時比爾巴爾便把刺滿小孔的白紙打開來呈獻給大王說：

「大王，星星的光都穿透了這張白紙而成了小孔。大王，如果您能數得清這些被光透過的小孔有多少個，就能知道天上的星星有多少顆了。」

所有的人看著那張紙，都靜了下來，而大王也只有再一次佩服比爾巴爾的智慧了。

（『阿克巴爾與比爾巴爾小笑話』）

大王的夢

有一天，阿克巴爾大王對比爾巴爾說：「比爾巴爾，我昨天晚上作了一個非常奇怪的夢，我夢見我和你都在空中飛，突然間我們兩個卻掉了下

來，我掉在一個蜜壺中，而你卻掉到一個糞壺裏，當我夢到這裏時，就醒了過來。哈！哈！真是好笑。」

比爾巴爾聽了後便說：「大王，好巧，我昨晚也作了相同的夢，只不過我沒那麼快就醒過來，所以，我的夢就繼續下去。後來我們兩個都在壺裏想辦法的彼此靠了過來，等我們差不多接近時，我便舐大王身上的蜜，而大王也靠過來舐我身上沾到的糞。」

大王一聽，覺得很無趣，而不再說什麼了。

（『阿克巴爾與比爾巴爾小笑話』）

誰比較偉大

有一天早朝時，比爾巴爾還沒到，阿克巴爾大王坐在王位上，便問其他的大臣說：

「天界有所謂的『印度拉』神，你們說『印度拉』神這位大王和我這

位大王那一個比較偉大。」並且要大臣們一個一個的回答。

但是，所有的人都回答不出來，因為他們如果說『印度拉』神比較偉大，那大王一定會生氣；但他們如果說大王比較偉大，那萬一大王要問為什麼的話，又不知該如何解釋，於是所有的人都被這個問題難倒了，全都答不出來。

這時恰巧比爾巴爾來了，於是大王便問他：

「『印度拉』神和我誰比較大。」比爾巴爾馬上合起雙掌，很恭敬的回答說：「當然是大王您比較『大』。」

這時大王嚇了一跳，馬上又問他為什麼。於是比爾巴爾便說：

「我從教經裏得知，我們偉大的造物者，在天上塑造了一個大王的像和一個『印度拉』神的像，接著，他便要用天秤來量一量這二個塑像的重量。由於大王的塑像比較重，所以，便被放了下來成為地上的王，而『印度拉』神的塑像較輕，所以留在天上掌管天界。」他接著又說：「所以，我說大王您比『印度拉』神大。」

大王聽了之後，一直想他比印度拉神偉大，而卻沒注意到比爾巴爾話中帶話，表示他仍是在印度拉神管轄之下的隱喻，而一味的得意不止。

（『阿克巴爾與比爾巴爾小笑話』）

小鳥

阿克巴爾大王，每天晚上都要他的侍臣輪流講一個有趣的故事或趣聞給他聽。

有一天輪到了比爾巴爾，他循序漸進的講著故事，但只要他稍微停一下，大王就一直問：「然後呢？然後呢？」要催著他快點繼續講下去。於是當他講完故事後他心裏就很討厭大王的態度，他想著：「大王只會一直問：『然後呢？然後呢？』，根本沒有設身處地考慮過說故事者的感受。」

這時大王說：「你接著講一個長一點的故事吧！」於是比爾巴爾便決

定講一個重複語句，很無聊的故事給大王聽。

他對大王說：

「大王，以前有一個地方的農夫們合建了一個穀倉，這個穀倉建得很堅固，簡直是密不透風。於是農夫們便把收成下來的米穀，全都放心的放進穀倉中，再把穀倉的門緊緊的關上。可是，不知什麼時候，有一個小地方卻破了一個小孔，這時剛好有一隻小鳥飛進來啄裏面的米並且「啪達，啪達」的振著翅膀飛來飛去，結果別的鳥被牠的飛聲引了進來，啄了米又「啪達！啪達」的飛著，接著又來了一隻，吃了米又「啪達！啪達！」飛著，結果又引來一隻也「啪達！啪達！」的飛……。」

他以同樣的語句，講著「啪達！啪達！」說了五、六十次，大王便開始感到厭煩的說：「然後呢？比爾巴爾呀！你別老是說『啪達！啪達』，趕緊接下去說故事呀！」

比爾巴爾便回答說：「大王，因為穀倉中有滿滿一倉的米，則可能有幾十萬隻的小鳥飛來，所以，一定要把這幾十萬隻小鳥飛進來吃東西後的

情節，一一交代後，故事才能繼續講下去，我也不知道這幾十萬隻小鳥所發生的情形要描述到何時，那只有請大王您耐心的聽下去。」

這時大王只好對比爾巴爾說：「算了吧！這個故事講到這裏就行了，不必再說了。」

（『阿克巴爾與比爾巴爾小笑話』）

註：這是一個重複單純故事的範例。

十二減四等於零

阿克巴爾大王問比爾巴爾說：「如果十二減四，那剩下多少呢？」

比爾巴爾回答說：「什麼也沒剩，是零。」

阿克巴爾大王問：「為什麼呢？」

比爾巴爾回答說：「大王，一年十二個月中，除了有四個月的雨季可以趕走惱人的熱風外，所剩下來的天氣，根本等於沒用，所以十二個月扣

除四個月的雨季，便跟沒有季節一樣，所以就等於零。」

大王聽了他的解說後，不禁笑了一笑。

（『阿克巴爾與比爾巴爾小笑話』）

註：相同題材的故事在『阿克巴爾與比爾巴爾小笑話』中，另有一篇二十七減九等於多少？而回答等於零的類似內容。這是說在二十七個星宿中，扣除九個雨季的星宿，所剩的都是不好的季節，所以，跟沒有一樣是等於零。由這兩則故事可知，雨季對北印度的酷熱來說是多麼令人期待的一個季節。

可憐的女神

卡莉女神素來以其模樣恐怖而出名，有一次，女神為了想嚇嚇比爾巴爾，就以「一身千頭」的恐怖樣子出現在比爾巴爾面前。

比爾巴爾見了女神之後，馬上展現笑容雙手合掌表示恭敬，但一下子卻又展出了深思愁容。女神看到比爾巴爾見到自己如此恐怖的模樣不但沒

有害怕，反而先展現笑容，而後又深思展現愁容的一連串奇怪反應，感到不能理解，她想這究竟是怎麼回事，她想了想，還是沒個頭緒，於是她便開口問比爾巴爾為什麼會有那麼奇怪的反應。

比爾巴爾便回答說：「女神啊！我因為有幸目睹您的真面目，感到非常高興，因此，展現笑容，至於為什麼我又深思展現愁容，對不起，我實在不方便告訴您。」

女神催促著他說：「你有什麼話不能對我說呢？還是快點告訴我！」

於是比爾巴爾便又開口說：

「女神，您是自然界偉大的產物，您可以猜得透每個人的心思，所以事實上我也沒什麼可以瞞得住您的。事情是這樣的：以我來說，我有二隻手但只有一個鼻子，當我感冒要擤鼻涕時，剛好二隻手可以運用自如。可是女神您雖有二隻手，但您卻有一千個鼻子，如果您感冒了，要擤鼻涕，您那兩隻手那裏忙得過來呀！所以，當我見到您之後，在高興之餘卻又不得不替您擔起心來，我才會苦苦的沈思呀！」

聽了比爾巴爾的話，女神感到很滿意，於是便隱起身子離去。

（『阿克巴爾與比爾巴爾小笑話』）

人與馬

有一次阿克比爾大王和比爾巴爾一起出去狩獵，到了森林中，卻很不幸的迷路了。走著走著，既沒吃又沒喝，非常的飢渴。

好不容易他們到了一處水源地，於是大王很高興的下了馬，用泉水洗手洗臉，並解下綁在馬上的飼料袋，取出馬吃的雜穀，二個人不管三七二十一的吃了起來。

這時，恰好有一群女孩子要來取水。馬匹見到這群陌生女子便嘶叫了起來。大王看見了便想消遣這群女孩子來娛樂一下，於是他便對著比爾巴爾大聲的說：

「喂！比爾巴爾，你看那群女孩子是不是長得很奇怪，不然我們的馬

怎麼一看見她們就亂笑呢？」

這話那些女孩子當然聽到了，於是其中有一位聰明活潑的女孩子便也大聲的說：「大王，您錯了，馬不是在笑我們呀！他們是在笑說飼料應該是給被人騎的馬吃的，而如今大王您卻拿去吃了，那是不是大王您得倒過來讓馬騎才是呢？」

（『阿克巴爾與比爾巴爾小笑話』）

德里的烏鴉

阿克巴爾大王有一天問大臣們說：「德里都內到底有多少隻烏鴉？」但是，由於宮中並沒有人有特別的嗜好去數烏鴉的數目，所以，根本沒有人回答得出來。

一會兒，比爾巴爾上朝了，於是大王便也問他說：「德里都內到底有多少隻烏鴉呢？」

比爾巴爾一秒不停的馬上回答說：「大王，德里都內共有三千九百八十隻烏鴉。」

大王一聽震驚了一下，馬上問說：「比爾巴爾，你事先有數過烏鴉的數目嗎？那你快告訴我你怎麼數的。或者這數目是你亂說的呢？」

比爾巴爾肯定地回答說：「大王，我的確一隻隻數過，這個數目絕對不會錯，如果我沒有把握，我那敢在大王面前胡說呢？如果我說的數目有任何一點錯誤，即使是差一隻，我都願意交出罰金三千九百八十個銀幣來做為處罰。」但他卻又接著說：「大王，目前烏鴉的數目的確如我所說的沒錯。但是，如果您再去數一次數目不對的話，那責任可不應由我承擔。因為我不知道什麼時候都內的烏鴉會往外飛，也不知道什麼時候會有別處的烏鴉飛進來。所以，只要有一隻烏鴉飛進或飛出，則我所數出來的數目當然會有變化。」

聽比爾巴爾如此一說，大王自然也就沒什麼可說了。

（『阿克巴爾與比爾巴爾小笑話』）

註：

『阿克巴爾與比爾巴爾小笑話』的其他版本中，也有類似的故事。其內容是描述阿格拉都內有三萬三千九百二十一隻烏鴉，而比爾巴爾所持的理由則與本文相同。會有兩種版本出現，是因為阿克巴爾大王曾在德里及阿格拉兩處設置首都，所以以「都」為名描述故事時，這兩處都可以說得通。

永不停止的東西

有一次當阿克巴爾大王坐在王位，而群臣各就各位時，大王突然問：「比爾巴爾，你知道有什麼東西是不知道休止，而且日夜不停變動的嗎？」

比爾巴爾馬上回答說：「大王，您所說的就是貸款的利息呀！它是不分晝夜，無時無刻都在變動，不知停止一直持續增加啊！」

大王聽了他的回答，當然感到非常滿意。

（『阿克巴爾與比爾巴爾小笑話』）

賈姆納河與恒河

有一次，阿克巴爾大王與比爾巴爾一起巡經賈姆納河。賈姆納河流經都城，河水非常乾淨清澈，大王看了非常喜歡，便問比爾巴爾國內那一條河流是最好的河流。

比爾巴爾非常了解大王的心思，於是他便告訴大王說：「大王，流經都城的這條賈姆納河是全國最好的河流。」大王便用著懷疑的口吻問比爾巴爾說：「那麼，我們所信奉的印度教，不是都認為恒河是自天上而來是一條聖河嗎？那賈姆納河還能算是最好的河流嗎？」

比爾巴爾這時便回答說：「大王，我真的是認為全國最好的河流非賈姆納河莫屬。而大王您剛才所提的恒河，它並不能算是一條河流，而是能洗淨污穢的甘露聖泉呀！」

（『阿克巴爾與比爾巴爾小笑話』）

忘恩負義的人

有一天，阿克比爾大王對比爾巴爾說：「比爾巴爾呀！我從來沒有看過忠義的人和忘恩負義的人，所以，你去找一找這二種人，明天早朝時帶來見我，如果你沒帶這兩種人來，我可會要你的命。」

「遵命。」比爾巴爾對大王說著，並退了朝。

比爾巴爾嘴巴上雖然說：「遵命。」但是他卻不知該如何是好，於是他回家後就一直愁眉不展。

他的女兒看見了，覺得很奇怪，便問他說：「爸爸！您怎麼了？」

比爾巴爾便說：「哎！大王要我明天早朝時帶忠義的人和忘恩負義的人去見他，妳看這麼短短的一天之內，我怎麼能看穿人的本性，找出誰忠義，誰忘恩負義呢？」

比爾巴爾的女兒聽了之後，對他說：「爸爸，您不用耽心，明天早朝

的事絕對沒有問題；待會吃過飯後，您就早點休息吧！」比爾巴爾聽了稍稍寬心，到了第二天早上該上朝時，他女兒對他說：「爸爸！您帶著我丈夫和狗上朝去吧！」

比爾巴爾很高興的照著他女兒所說，帶著女婿和狗上朝。

大王一看見比爾巴爾，就問他：「比爾巴爾，昨天我要你辦的事，辦好了嗎？」

比爾巴爾趕緊回話說道：「大王，辦好了，我把您要的二種人都帶來了。大王，您看這隻狗，它吃得少，做得多，一生一世為主人效命，即使赴湯蹈火也不退縮；和狗相比，您看我這女婿，一直在榨取妻子雙親的精神財力，卻又一點也不感激，所以，真是忘恩負義。」

「很好，我知道了，既然身為人家的女婿是在榨取岳父母對女兒所付出的精力，那來人呀！把他拖去斬了吧！」

大王下了命令後，比爾巴爾馬上制止說：「大王，您不也是榨取別人精力，娶到老婆而為人婿的人嗎？」

大王聽了，無言以對，也只好不了了之。

（『阿克巴爾與比爾巴爾小笑話』）

註：在印度社會中，從結婚的嫁粧到婚後小孩誕生，種種饋贈都由女方送給男方。

染髮

阿克巴爾大王頭髮漸漸變白後，就有了染髮的習慣。

有一天，大王在染髮時，比爾巴爾正巧在旁伺候著。大王看了看比爾巴爾便對他說：

「比爾巴爾啊！自從我開始染髮後，頭腦好像越來越壞了。」

比爾巴爾笑了笑說：「大王，染髮是在染頭髮而已，不是在染頭，所以，染髮跟頭腦變壞並沒有關係。不過，一旦腦筋變成空白而遲鈍時，即使在頭髮上加上再多的黑染劑，也無濟於事。」

大王聽了感到非常慚愧，從此再也不染髮了。

（『阿克巴爾與比爾巴爾小笑話』）

捉賊棒

有一次，德里市的一位大富翁的金袋被偷了。他雖然知道小偷是他的佣人，但卻無法肯定究竟是誰偷的。

當他不知所措時，他來到比爾巴爾的住處，說明了一切經過，並對比爾巴爾請求說：

「這個小偷一定是我的佣人，但我沒辦法查出是那一個。如果對他們統統嚴格檢查的話又不太公平，麻煩您是否能幫我找出這個小偷。」

比爾巴爾聽了後回答富翁說：「好！你把所有的佣人帶到我這裏來，我會查個水落石出。」

第二天，這個富翁在約定好的時間內，帶著七個佣人來到比爾巴爾面

前。比爾巴爾先請他們統統坐下，對著富翁說：

「這七個人在府上都待了很長的時間，如果沒有推斷出誰是小偷，那對其他的人都很不公平。所以，現在我手上有一根捉賊棒，你們每個人都各把棒子放在身邊一天，如果棒子放在小偷身旁，那這根捉賊棒，就會變長約一根拇指長，如此只要棒子在誰身邊變長，那個人便是小偷了。這是一根具有秘法的棒子，一直以來，已經透過這棒子捉到了不少小偷。」

比爾巴爾說完後，就分別給這七個人一人一間房間，並且如他所說，讓棒子在每個佣人的身邊放一天。

當棒子輪到真正的那名小偷佣人時，這個佣人心裏便想著：

「哎！這個比爾巴爾根本是個笨蛋，說什麼棒子碰到小偷會變長，用這種愚蠢的辦法想捉人，我的棒子在身邊一定會變長，明早我只要把變長的那一小段切掉，他還不是一樣查不出來。」

第二天早上，這名小偷便把棒子切了一斷拇指大小的長度。再把棒子交給比爾巴爾檢查。

比爾巴爾一看棒子的長度，馬上說：「我知道誰是小偷了，小偷就是認為棒子一定會變長，所以，把棒子切了一小斷的人。」

於是他便命令士兵把這名小偷捉起來，對小偷說其實根本棒子不會變長，反而是小偷以為會變長，所以，自作聰明使棒子變短了。接著比爾巴爾便命人處罰小偷直到他說出金袋藏在那裏。

當小偷坦承罪狀，交出金袋後，比爾巴爾把金袋交還給富翁，同時也把小偷捉了起來。

（『阿克巴爾與比爾巴爾小笑話』）

四個笨蛋

有一天，阿克巴爾大王命令比爾巴爾去找四個笨蛋愚蠢的人來見他。比爾巴爾受命後，在一大早便外出尋找大王所要見的笨蛋。

他走著走著，看見一個男人穿得非常整齊，手上拿著一個裝滿糕餅的

器具及一大堆檳榔樹葉，匆匆忙忙的趕著路。於是比爾巴爾便對這名男子說：「對不起，您看起來好像有什麼喜事的樣子。」

這個男子繼續走著說：「我現在很忙，你別吵我，我的老婆另外再嫁了一個丈夫，而且和他生了小孩，我正要去祝福她。」

比爾巴爾聽了對這名男子說：「請你明天再去祝賀，今天隨我回王宮一趟好嗎？」

那名男子拗不過比爾巴爾的要求，只好跟著比爾巴爾走向王宮。

過了一會兒，比爾巴爾又看到一名男子，自己頭上頂著一大堆草，而他的馬卻在旁邊歇著。比爾巴爾感到很怪，便問這名男子為什麼這麼做。

這名男子便回答說：「你沒看見我的馬正大著肚子嗎？那我不背著這些草，又怎麼運送呢？」比爾巴爾聽了之後，便也對這名男子要求，請他也隨著去一趟王宮。

比爾巴爾把這二個人帶到大王面前說：「大王，您所要見的笨蛋都在殿上了。」

大王看了看說：「我叫你去找四個人，你怎麼只帶了二個人來呢？」

比爾巴爾便說：「大王，您錯了，這裏的確有四個笨蛋，除了他們二人外，第三個就是命令我去做這種愚蠢無聊行為的您，而第四個，則是實際上去執行這種愚蠢無聊行為的我。」

比爾巴爾說完後，那二個男人不禁的笑了起來。

（『阿克巴爾與比爾巴爾小笑話』）

問答謎語

有一次，阿克巴爾大王對比爾巴爾說：「比爾巴爾，我現在出四個謎語讓你猜，你如果很聰明可以回答的話，我就賞給你十萬銀幣，但如果答不出來，我就要你的命。」

大王說完後，便開始出題說：「誰愛下雨？誰愛烈日？誰愛說話？誰愛沈默？」

比爾巴爾馬上相應回答說：「園丁愛下雨，曬衣者愛烈日，大王愛說話，小偷愛沈默。」

（『阿克巴爾與比爾巴爾小笑話』）

註：在『阿克巴爾與比爾巴爾小笑話』一書中，韻文詩句的運用也占重要地位。其形式也略分二種，一是大王與比爾巴爾都以韻文方式對答，二是大王以散文發問，而比爾巴爾則用韻文回答。

寒冷的程度

一月到二月間的天氣是非常寒冷的。有一天，在寒冷的氣候下，阿克巴爾大王正和比爾巴爾閒聊著。突然間阿克巴爾大王問比爾巴爾說：

「寒冷究竟是什麼程度呢？」

比爾巴爾馬上回答說：「大王，寒冷就是雙手緊握。」

大王聽了不明白比爾巴爾的意思，便問比爾巴爾為何如此回答。

比爾巴爾一言不發，帶著大王上了城樓，指著城下的百姓回答說：「大王，您看這些人不就是雙手緊握嗎？所以，寒冷就是雙手緊握。」

大王聽了很同意也很佩服。

（『阿克巴爾與比爾巴爾小笑話』）

超越神力

有一天早上，阿克巴爾大王比平時早到朝，於是他便對每一個進宮的大臣發問說：「你認為神無法做的事，本王能不能做？」

每個大臣一聽都無言以對，因為如果說大王能做，那大王萬一要回答者舉例說明，又舉不出例子來，如果回答說大王也無法做，那大王一定會很生氣。

一直到了比爾巴爾上朝，大王又問他同樣的問題。比爾巴爾馬上回答說：「大王，神無法做的事，你當然能做。」

大王聽了為了證明比爾巴爾不是屈意附和，便要比爾巴爾舉例說明。於是比爾巴爾便回答說：

「大王，神雖然也統治著世界，但對於作奸犯科的人，基於慈悲心，都不處罰這些人；而大王您卻可以給這些人適時的處罰。」

大王聽了很滿意的笑著，而其他人也佩服比爾巴爾。

（『阿克巴爾與比爾巴爾小笑話』）

男女的人數

有一天，替阿克巴爾更衣的宦官，在大王面前搬弄是非批評比爾巴爾說：「由於大王過於信任比爾巴爾，所以他總是目中無人，為所欲為，實在不是好東西。」

大王聽了之後對這名宦官說：「可是比爾巴爾的確是有超人的智慧，也真的替我解決了許多難題呀！」

大王說完後，這個宦官則又說：「大王，其實比爾巴爾根本也沒什麼大智慧，大王如果不信，就請比爾巴爾來回答幾個問題，要是他真能答得出來，那我也就不再多說了。」

大王聽了這名宦官的話，把比爾巴爾宣來，要他回答宦官出的問題，比爾巴爾知道了始末，便靜候宦官發問。於是在大王的催促下，這名宦官便說：「第一題，地球的中心在那裏？第二題天上的星星有多少？第三題世界上男人和女人各有多少人？」

當宦官問完後，比爾巴爾便走來走去想著答案，過了一會回答說：「大王，我們所在的位置就是地球的中心，宦官大人如果懷疑的話，請他本人親自量量看吧！而星星的數目則和大王您所寵愛的山羊的毛數一樣多，如果宦官大人也不信的話，那也請他自己算一算。」

接著比爾巴爾往前站了站說：「大王，至於第三個問題，實在很難回答，如果不把宦官們殺掉的話，實在無法算出男人和女人的人數。」

大王不懂比爾巴爾的意思，便要求他好好的解釋。

比爾巴爾便說：「大王，因為宦官們既不算是男人，當然也不算是女人，所以，如果把他們算下去，實在算不出詳細的男女人數。要是把他們都殺了，那世界上就只剩男人和女人，那人數自然也就易於計算了。」

宦官聽了比爾巴爾的話，表情馬上驚慌失措，而大王則非常滿意比爾巴爾的回答。

（『阿克巴爾與比爾巴爾小笑話』）

公牛的控訴

阿克巴爾大王為人民設想，便在市中心立了一根柱子，柱上有一個開關，只要動了開關則在王宮內便會發出鐘響。

大王之所以要設這樣一個柱子，主要是想讓需要大王幫助的人，能透過這樣的裝置來讓大王知道，只要有困難時去按柱子上的按鈕，當大王聽到鐘響時，便會立刻派人去帶按鈴者覲見，來裁定按鈴者的冤屈。

有一天，當大王正要用膳，舒舒服服躺在臥椅上時，這鐘忽然響了。大王想一定是有人要訴願，便派了侍從去街上把按鈴的人找來。

侍從匆匆忙忙的走到柱子旁，什麼人也沒看見，只看見一頭上了年紀的公牛在吃草，並靠在柱子上抓癢。侍從便把牛趕走，回到王宮向大王說明這個情形，讓大王知道並沒有人要申訴。

但過了一會兒鐘又響了。大王便又派侍從去看個究竟，而侍從到了街上又發現是剛才的那頭牛在柱子上磨來磨去，便又把牛趕走，再回到宮內把這情形稟告給大王知道。

一會兒後，鐘聲第三次響起，這時大王再也耐不住性子，便對侍從說：「不管是人還是牛都去帶來見我。」

於是侍從到了街上一看，果然又是那頭牛，便只好把它帶進宮中。大王一看則問：「這頭牛一定有什麼事想要控訴，你們誰能和牠溝通呢？」大王說完後，群臣相望都沈默不語，不知該如何回答。

這時大王剛好看見了比爾巴爾，便命令他去和牛溝通。比爾巴爾走向

牛的方向，把自己的耳朵貼在牛嘴上，過了一會再走向大王說：

「大王，這頭公牛所要控訴的是，牠在年輕時，飼主每天都給牠很多食物，同時要牠費盡力氣去做很多事；而如今牠年紀漸大，體力漸衰，飼主用不到牠卻再也不給牠食物，並且把牠趕出來，流落街頭，所以，牠希望大王能賞給牠一些食物充飢。」

大王聽了，很懷疑比爾巴爾是否真能和牛溝通，便決定找飼主來證實一下，於是便命令侍從去打聽這頭牛的飼主是誰，並把他帶進宮來詢問。

這個飼主是一個靠榨油為生的人，大王見到他便直接問他：「這是你的牛嗎？」

那人回答說：「是的。」

大王又問：「那你為什麼不再繼續飼養牠呢？」

這個飼主便馬上回答說：「牙齒掉了，腳力沒了，什麼也背不了；這種年老遲鈍的牛，又何需穀物稻草呢？」

大王聽了這個飼主的回答，果然如同比爾巴爾所說，於是便對比爾巴

爾說：「比爾巴爾，既然這頭牛的控訴是你所溝通而知的，那這個案子就交由你來裁決好了。」

比爾巴爾受令後，便對飼主說：「你長時間鞭策這頭牛，使得牠年紀體力早衰，如今又把牠趕出來，實在無情無義。所以，這頭牛將被飼養在王宮之中，但你得負責一切費用，你將被罰款五百個銀幣。」

這個飼主無言以對，雖然極力為自己辯白，但都無濟於事。而大王則對於比爾巴爾所做的裁決感到非常滿意。

（『阿克巴爾與比爾巴爾小笑話』）

滿月與上弦月

有一次，阿克巴爾大王以私人使者的身份派遣比爾巴爾去視訪德里西方的鄰國——卡布爾。

比爾巴爾到了之後，便有很多人認為他是印度派來的密探，於是傳言

便傳到了卡布爾國王的耳中。卡布爾國王接到消息後，便派人去把比爾巴爾捉來，準備一探究竟。

卡布爾國王對比爾巴爾說：「你從那裏來？你的目的是什麼？趕快從實招來。」

比爾巴爾回答說：「大王，小人只是一個遊者，為了增廣見聞，才到貴國來的。」

卡布爾國王聽了之後便又問：「好！既然你是一個遊者，看過許多國家的情形，那你對我國的印象如何？」

比爾巴爾馬上回答說：「大王，您所治理的國家正如滿月的月光，無人能比。」

卡布爾大王又問：「好好，那你對你祖國的印象又是什麼呢？」

比爾巴爾又回答說：「大王，敝國則像上弦月一樣細細長長呀！」

卡布爾國王非常滿意比爾巴爾的回答，對他諸多褒獎後便放他走了。

但是，當比爾巴爾回到德里時，他在卡布爾所說的話，卻被許多人傳

說著，當傳到阿克巴爾大王處時，大王非常不高興，於是隔一天早上，大王便和群臣在王宮中審問比爾巴爾說：「比爾巴爾，你為了保護自己的性命，卻貶低本主，這是什麼道理。」

比爾巴爾馬上回答說：「大王，臣下絕沒有貶低您，反而在卡布爾國王面前，揚伸您的天威。」

阿克巴爾大王聽了之後說：「但是，你為何說卡布爾國如同滿月，而我國只是上弦月呢？」

這時比爾巴爾又對大王說：「大王，您有所不知，滿月是已經到達了極限，往後只會一天天的缺落，而光芒也會一天天大的消失。而大王您所治理的國家，在以印度教及伊斯蘭教為主要教規的治理宗旨下，不正如同上弦月一樣日趨圓融，日漸光芒嗎？」

阿克巴爾大王聽了比爾巴爾的解釋後，也沾沾自喜不再追究了。

（『阿克巴爾與比爾巴爾小笑話』）

六杯酒

比爾巴爾深得阿克巴爾大王的信任，除了能自由在後宮進出外，也經常和大王在寢宮中聊到很晚才離開。

而阿克巴爾大王則經常在比爾巴爾離開寢宮後才開始飲酒作樂。而只有一次順便招待比爾巴爾喝酒。

當大王在喝過酒後，和別人一樣，不知自己在講些什麼而胡言亂語，比爾巴爾第一次和大王喝酒，發現了這個毛病後，便想著該如何來規勸大王，別沈於酒精中，以免酒後失言。

有一天，比爾巴爾想到了一個計策。他開始裝病，連接著三天都不上朝，於是阿克巴爾大王便非常耽心，帶了一些大臣到比爾巴爾家中探病。

比爾巴爾知道大王要到家裏來，便趁著這個空檔潛入大王的寢宮。在寢宮中他看見了一列並排的酒瓶，而放酒的架子上則鎖著鑰匙。他又在宮

中找了找，找到了鑰匙打開架子取出一瓶酒，再匆匆的關上架子。然後他用布把酒包起來，夾在腋下，離開了寢宮。

另一方面，當大王來到比爾巴爾家中，得知比爾巴爾進宮去了時，大王心裏便想著：「比爾巴爾這麼晚了還抱病進宮，難道是發生了什麼嚴重的事嗎？」

於是大王非常耽心，一刻也不停的趕回宮中。

終於大王在宮殿的走道上，碰到了比爾巴爾，而比爾巴爾在踫見大王後，心裏便已經開始盤算著該如何回答大王所將發問的問題。

大王看見比爾巴爾腋下所夾的東西，便問說：「那是什麼？」

比爾巴爾回答說：「沒什麼。」

大王嚇了一跳又問：「怎麼會沒什麼，你別撒謊，你腋下夾的究竟是什麼，你好好的回答我。」

比爾巴爾回答說：「是的，大王，這是鸚鵡。」

大王變了臉色說：「比爾巴爾，你當本王是笨蛋嗎？」

比爾巴爾又回答說：「這是馬。」

這時大王很生氣的說：「你是不是瘋了，儘說些沒道理的話。」

比爾巴爾不顧大王的反應又說：「大王，這是大象。」

這時的大王更加生氣的罵著：「比爾巴爾，你是不是麻藥吃多了，腦袋變得不靈光了，正常的比爾巴爾是不會如此胡言亂語的。」

大王說完後，比爾巴爾則又說：「大王，這是驢子。」

大王這時再也控制不了自己的脾氣說：「比爾巴爾，你是把本王當成傻子嗎？你如果再不好好的回話，我可會殺了你。」

這時比爾巴爾才一邊打開布條，一邊說：「大王，這是酒。」

大王身邊的人把酒拿過去給大王看，大王莫名其妙，完全不知比爾巴爾在玩什麼把戲，於是他把比爾巴爾帶進寢宮，換了口氣問比爾巴爾說：

「比爾巴爾呀！你剛才所說的話，我完全聽不明白。你明明拿著酒，為什麼從『沒什麼』開始胡言亂語了一大段，才說那是酒。你現在好好的對我說個明白，難道真的是麻藥麻過頭了嗎？」

比爾巴爾便正經的說：

「大王，麻藥並沒有麻過頭，而我的腦筋也沒有變壞，我所說的那些形容，實際上都是在形容我所夾在腋下的酒呀！」「大王，當我們喝第一杯酒時，總是認為『沒什麼』，而喝第二杯時，便開始像『鸚鵡』一樣，說一些沒有意義的話。喝第三杯酒時，說話聲音就變得像『馬』的叫聲一樣大。而喝了第四杯後，行動卻又會像『大象』一樣笨重遲緩。而喝了第五杯後，整個人便會像驢子一樣呆頭呆腦。一直到了喝完第六杯，不勝酒力倒下後，才知道『酒』帶來的不舒服。所以，我所回答的六句話便都是在影響酒呀！」

大王聽了比爾巴爾利用六杯酒來影射酒後失態的解釋後，對比爾巴爾更是諸多褒獎，而大王本身也不再貪戀杯中之物了。

（『阿克巴爾與比爾巴爾小笑話』）

吵架的老鷹

阿克巴爾大王非常喜歡狩獵，所以，他擁有著私人的廣大狩獵場，同時不斷擴充狩獵場中的動物森林，也因此造成了管理人員的不足。當然阿克巴爾大王的狩獵場是不允許外人進入的。

有一天，大王又帶著大隊人馬前往狩獵，但他一進入狩獵場便被一幅稀有的景致吸引著，因為在狩獵場的樹木上正棲息著二群看起來正在吵架的鷹群。大王看了看，把比爾巴爾叫過來，要比爾巴爾去探聽這二群鷹群究竟為了什麼事吵得那麼喧嘩。

過了一會比爾巴爾稟告大王說：「大王，為了不引起您的不悅，我看還是別向您報告牠們吵架的原因比較好。」

大王聽了非常疑惑的問說：「這群鷹爭吵不休的原因，為什麼會引起我的不悅呢？」

比爾巴爾這時則回答說：「大王，我得先得到您事前的允諾，我才敢說呀！」

大王因急於想知道究竟怎麼回事，便告訴比爾巴爾直言無妨。於是比爾巴爾便說：

「大王，這原是二群鷹在舉行婚禮。這一群是女方，另一群是男方，而中間的則是仲裁者。因為男方說女方原本要給他們八十單位的森林為嫁妝，而如今卻只拿出四十單位來，所以他們不能接受，指責女方不遵守約定；而女方則表示目前他們的能力只能給男方四十單位的森林，原先所答應的另外四十個單位，只要等阿克巴爾大王再擴建狩獵場，再把村落及農田變為荒地之後才能補給男方。」

阿克巴爾聽了後，當然也領悟到比爾巴爾話中有話，他深深反省後，便決定不再因為自己要擴建狩獵場，而佔領原來的村落及農田，致使這些地方荒廢。同時，他也命令了原先被驅散的住戶，再度回到原有的地方繼續生活。

（『阿克巴爾與比爾巴爾小笑話』）

低賤的人

有一天，阿克巴爾大王和群臣們閒聊著。其中有一個叫做阿布魯的大臣，對比爾巴爾嘲笑著說：「比爾巴爾呀，恭喜你當了像小狗一樣低賤的軍團司令官呀！」

比爾巴爾聽了回答說：「是呀！不過閣下可將是這個軍團中的一個小隊員哦！」

聽完了比爾巴爾反諷的話，阿布魯頓時感到無趣且是自討沒趣。

（『阿克巴爾與比爾巴爾小笑話』）

二個月變一個月

有一天，阿克巴爾大王又像往常一樣出了個稀奇古怪的問題。他說：

「比爾巴爾，我決定把二個月算成是一個月，你快去擬定實行的方法吧！」

比爾巴爾馬上回話說：「是的，大王，只不過既然二個月變一個月，那一個月就仍是三十天，所以，根本不需另定辦法吧！」

這時阿克巴爾大王才真正感到自己所下的命令竟是如此的無聊，所以也就不再多說了。

（『阿克巴爾與比爾巴爾小笑話』）

說反話

有一次，阿克巴爾大王的一個隨身侍從觸怒了大王，大王很生氣決定要將他處以極刑，這名侍從聽到大王所下的命令，簡直嚇壞了，於是他看著比爾巴爾，希望比爾巴爾能替他求情。

於是比爾巴爾便開口說：「大王，無論如何……」

當比爾巴爾話還沒說完時，大王馬上打斷他的話說：「你什麼都不必說，我已經決定的事便是和你所要說的話恰好相反。」

大王一說完，比爾巴爾便馬上說：「是呀！這傢伙根本惡習難改，實在應該早點處以極刑。」

阿克巴爾大王聽了之後，先楞了一下，終於知道比爾巴爾這麼說的用意，於是哈哈一笑，同時也赦免了那名侍從的罪。

（『阿克巴爾與比爾巴爾小笑話』）

塗奶油

有一天，阿克巴爾大王拿了一個全新的木器給比爾巴爾說：

「比爾巴爾，這是一個全新的木器，我要你在木器的內側想辦法塗上一層最薄的奶油，必須像是抹粉一樣只能有薄薄的一層，而且要在不花任何一毛錢下做到。」

比爾巴爾受命後，便到街上找了二、三家奶油店請他們在木器上塗上薄薄的一層奶油，並且要求這些商店能免費贈送，但卻都沒有任何一家店願意做。

後來，比爾巴爾終於想到一個辦法。他找到一家奶油店，對老板說：「請你在這個木器中，裝入滿滿的一層奶油。」

商店的主人便照他的訂購，在木器中裝滿了奶油，交給比爾巴爾，並且要向他收錢，而這時比爾巴爾卻表示他並沒有帶錢出來，所以，根本付不起這些費用。商店主人一生氣，便又把奶油全部由木器中倒了出來，把木器仍然還給比爾巴爾。

而這時比爾巴爾卻很高興，因為木器的周邊已經沾滿了一層奶油，而且不用他花一毛錢。他便帶著這個木器到大王那裏去覆命了。

（取材自民間傳說）

空中的宮殿

有一次阿克比爾大王命令比爾巴爾建造一座空中宮殿。比爾巴爾接令後要求大王必須給他一萬兩黃金做為工程費用，於是大王馬上命令財務官交給比爾巴爾一萬兩的黃金，並要他立即建設這個工程。

比爾巴爾拿了黃金之後，馬上去市鎮上買了二隻學話鸚鵡，回來後反覆訓練牠們說：「咦！天上到處是灰泥，到處是煉瓦；咦！天上到處是灰泥，到處是煉瓦。」

過了一些日子，比爾巴爾覺得這兩隻鸚鵡已經熟記這二句話時，便對阿克巴爾大王說：「大王，您所要的宮殿基礎已經打好了，請大王您能看一下。」

於是大王便很興奮的隨著比爾巴爾走。而先前比爾巴爾早已將鸚鵡安置在一棵大樹上，所以當他來到樹下時，他一邊告訴大王說工程很順利的

進行著，而另一邊則用笛子吹出他與鸚鵡之間溝通的暗號。

當鸚鵡聽見笛聲時，便馬上反應重複著說：「咦！天上到處是灰泥，到處是煉瓦；咦！天上到處是灰泥，到處是煉瓦。」

阿克巴爾大王聽了之後馬上感到很欣慰，覺得空中宮殿的確已經照著進度順利的進行著。

（取材自民間傳說）

註：　在『阿克巴爾與比爾巴爾小笑話』中也有類似的故事。

三大謊言

有一個國家的國王，心血來潮頒了一道命令指出，只要能在宮殿中講出三個謊言，將給予一萬兩黃金的報酬，於是當消息傳開之後，便有很多人到國王面前來說謊話，但每一個人所說的，國王都覺得並非是謊言，因此，全都被趕出了皇宮。

在這個國家的偏僻小村中，有一個非常貧窮的小孩，當他聽到國王所頒的命令後，便對他母親說，他要前往皇宮去講三個謊言，來賺取那一份優渥的報酬。

他的母親對他說：「你呀！即使到了皇宮一樣會被趕出來，還是別去做那種無聊的事吧！」

這個男孩則向母親說：「其實也沒什麼，好歹可以去試試嘛！」於是他的母親便不再制止他，而讓他到京城裏去了。

這名男孩到了城下時，對守城的人說他是要來向國王講三個謊話的，而守城的人則勸他別白費心機，認為他這樣的一個小男孩一定會被趕出來的。但這男孩卻一直不死心，請求守城的人代他通報，最後這名守城員拗不過小男孩的要求便向國王報告說：「大王，外面有一個小男孩說要來講三大謊言，是否要讓他覲見呢？」

大王聽了則說：「好吧！讓他進來試試看也好。」

於是小男孩便進了宮殿見了大王。他首先向大王打招呼祝大王龍體安

康。接著在大王的催促下，便開始敘述他所要講的三件事。

小男孩首先滔滔的說：「大王，我父親是一個只有一小塊田地的窮農人，而這塊田地的中央卻有著一棵很大的芒果樹。有一次在我父親牽著牛到田裏耕種時，當牛走到芒果樹下的那一剎那，竟然所有的芒果都掉落在牛背上。」

大王聽了後，覺得還不錯，於是便示意小男孩繼續講第二件事。這時小男孩便說：

「夏天時天氣實在很熱，所有吹來的熱風幾乎都快把人給燒起來，實在是令人受不了，所以，我父親便在夏天時拿著袋子和毛巾把吹來的熱風通通包起來收藏。等到了冬天，天氣又凍得令人顫抖，無法忍受時，我父親則把夏天所收藏的熱風放出來使用，使我們不再感到寒冷。」

大王在小男孩說完後，更加表示有意思，於是便催著小男孩快講第三件事。小男孩便說：

「大王，您的父親和我的父親事實上是好朋友。有一次您的父親手頭

不方便，便向我的父親借了一萬兩黃金，並且說如果他沒還錢的話，他的兒子也一定會替他還。」小男孩接著又說：「大王，如果你認為我說的是實話，則請你還我一萬兩黃金；如果你覺得我在說謊，那這就是第三個謊言了，所以，請你付給我一萬兩黃金為報酬吧！」

當他說完後，大家都很佩服這小男孩的機智，而國王也付給他一萬兩的黃金。

（取材自民間傳說）

盲人看世界

有一天，阿克巴爾大王無緣無故的命令比爾巴爾「笑」。而比爾巴爾則對大王說：「大王，一個人必須遇到有趣的事才笑得出來，如今沒什麼事，我怎麼會笑呢？那的確是一件相當困難的事。」

阿克巴爾大王聽了之後非常生氣的說：「比爾巴爾，我命令你笑，你

就得笑，那裏有這麼多理由呢？」

但是，比爾巴爾的確是笑不出來，又拒絕了大王的旨意。這時大王更加生氣了，於是他把侍衛叫進來，對比爾巴爾說：

「如果你再不笑，我可要命令侍衛把你帶到森林裏殺了，並且要挖下你的眼睛來當證據。」接著又說：「比爾巴爾，這是最後的機會了，你現在笑的話，我就可以原諒你呀！」

雖然大王再給比爾巴爾一次機會，但是，比爾巴爾卻堅持著沒有看到有趣的事，他實在是笑不出來，於是大王真的越來越生氣，便叫侍衛把比爾巴爾帶到森林中處以死刑。

侍衛們和比爾巴爾到了森林後，比爾巴爾看看四下無人，便對侍衛們說：

「各位，你們如果殺了我，挖出我的眼睛，對你們來說，並沒有什麼好處。所以，你們不如放了我吧！至於大王那方面，你們只要去殺隻鹿取下牠的眼睛回去交差就行了。日後，我如果遇到值得笑的事或有趣的事而

發笑時，世上所有的花草、樹木、蟲、魚、鳥獸必定會因我的笑聲而生氣盎然。」

侍衛們聽了比爾巴爾的話，也覺得大王實在強人所難，商量後便決定依比爾巴爾所說，放他逃走，而取鹿的眼睛回去交差。

大王因為一時衝動，下令殺了比爾巴爾而深深的後悔著，想想失去了一個大智慧的臣下，更感到自己沒有仁德，所以，日夜寢食難安，想念著比爾巴爾。

另一方面，比爾巴爾逃走後，在森林中閒晃，為了避雨便躲進了一間茅屋中。後來有一個男盲人也為了避雨進了這間茅屋。過了一會，又有一個女盲人也為了避雨來到這間茅屋。這兩個盲人用手探索著茅屋的環境，一不小心兩人的手卻碰在一起。

這時男盲人馬上問說：「你是誰。」

女盲人回答說：「我是一個女盲人。」

男盲人聽見了則說：「真巧，我是個男盲人。」

兩個人都認為彼此雖然失明，但能在這種情形下認識，實在是奇緣，於是他們兩人便從隨便閒話家常一直到發生親密關係，當他們一覺醒來之後，男的盲人說：「嗯，這真是一種奇妙而美好的感覺。」

女盲人則說：「我也這麼覺得，我原先不知道世上有如此好的事物，經過了這一夜，我已經可以看到全世界了。」

這時剛好有一個洗衣店的老板，因為馱衣服的驢子走失了，誤打誤撞進了這間茅屋，他一進來恰好聽見了女盲人說到：「……我已經可以看到全世界。」

便馬上問女盲人說：「我的驢子走失了，如果妳可以看見全世界，請妳告訴我，我的驢子跑到那裏去了。」

從頭到尾，比爾巴爾只是靜觀其變，可是當洗衣店的老板一說完話之後，他再也忍不住的笑了出來。

結果這一笑果真花草樹木，蟲魚鳥獸都變得生氣盎然了。於是王宮中的侍衛馬上告訴阿克巴爾大王說明原委，並說：「比爾巴爾已經笑了。」

大王一知道比爾巴爾沒死，趕緊命令所有的士兵去尋找比爾巴爾，於是大隊人馬便前往森林中，找回比爾巴爾。

當比爾巴爾回城時，大王在城上隆重的迎接著他，並且問他說：「你為什麼發笑呢？」

這時比爾巴爾告訴大王說：「在森林的小屋中，男女盲人發生了美好的關係，而女盲人認為因為這個關係使她看見了世界，而失落了驢子的洗衣店老板竟然要求這個女盲人替他看看他的驢子究竟在那裏。這不是很有趣嗎？」

（取材自民間傳說）

拾遺

笑魚

這篇文章並不是一般的笑話文學。而是藉由無法表現情感的魚來看這個奇妙、滑稽的世界。這種藉由死魚發笑的故事情節在其他各國中並無類似的例子可尋。但在古印度中則有許多這類的情節出現，在此則略選二篇以為代表。

（一）

巴達利普朵拉王國的尤嘉奈達國王的一位王妃，靠在樓層的欄杆上休息，而閣樓下的一位婆羅門教徒看見了卻一直盯著王妃看，當尤嘉奈達王知道後非常嫉妒並生氣，因為這名教徒冒犯了王妃，於是將這名教徒判了死刑。

當這名教徒要綁赴刑場遊街時，街道中的一家魚店裏有一條死魚，在行伍經過時突然死而復活，並且大笑了起來。尤嘉奈達王接到了這個消息後，認為其中一定另有道理，於是馬上停止行刑，並且問他的大臣—謝卡達拉—是否知道這是怎麼回事。

謝卡達拉反覆思索卻也想不出個所以然來，正當他感到苦惱時，智慧之神—莎拉史瓦蒂—突然出現了，智慧之神對謝卡達拉說：

「如果你想知道那條魚為什麼會突然發笑的原因，那你在今晚爬到棕櫚樹上待一會，你就能找到理由了。」

於是謝卡達拉便照著智慧之神所說，那天夜裏躲在棕櫚樹上看看是否有線索可尋。突然間他看見了恐怖的羅剎女帶著一群小孩經過樹下，這群小孩吵著要東西吃，而羅剎女卻對他們說：「你們再忍一天，等明天那個婆羅門教徒伏法後，我們就有肉吃了。」

這群小孩則問：「不是說好今天要行刑的嗎？」

羅剎女回答說：「因為今天街道上有一條魚在行刑隊伍經過時笑了起來，所以，國王便暫時停止執刑。」

於是小孩子們又問：「那條魚為何要笑呢？」

這時羅剎女回答說：「那條魚是因為替那名教徒打抱不平而笑的。那名教徒只不過多看了王妃一眼就被判死刑，可是後宮中卻有很多男人男扮女裝混在裏面成天和宮女王妃一塊吃喝玩樂，卻都生活的逍遙自在一點事都沒有，所以那條魚非常的感慨，才發出無奈的笑聲。」

謝卡達拉聽到了這樣令人震撼的消息後，馬上稟明大王，果然在後宮找出了許多男扮女裝的人，大王便將這些混在宮中的人一一處以死刑，而那名教徒當然是被無罪釋放了。

（『愚人集』一・五・一四之後）

（二）

烏賈依尼國的國王威克拉馬有一位寵妃叫做卡瑪莉卡。這名王妃實際上是一個非常放蕩的女人，但他在威克拉馬大王面前總是裝著非常溫柔嫻淑三貞九烈的樣子。

有一天，當大王和王妃在吃飯時，大王說：「愛妃呀！這條魚非常好吃，妳怎麼一口都沒吃呢？」

這時王妃矯情的回答說：「大王，您有所不知，『魚』是一種雄性的代表，所以，貞節的我是不可以碰任何與雄性有關係的東西的。」

當王妃裝得很貞烈的說完話後，盤中的魚忽然大笑了一聲。這時國王真的嚇了一跳，連忙召集各大臣要他們查明並說明這是怎麼一回事，並限他們五天之內一定要答出來。

其中有一名大臣返家之後便一直愁眉不展的思索著這件事，而他的女兒芭拉莎拉瓦蒂看見了父親的樣子，便問父親有何心事，於是這名大臣便把事情的經過一五一十的告訴了芭拉莎拉瓦蒂。

而芭拉莎拉瓦蒂聽完之後，對父親說：「原來是這樣呀！您別耽心，明天您帶我上朝，我會向大王說明一切。」

第二天，當她來到殿上時，她首先向大王恭維了一番，接著便說：「打雷，日照，降雨，女人心及男人的命運等連神仙都無法理解其中

的道理，何況是人呢？」接著她又將兩手放在胸前很慎重的唱著：「賢淑的王妃因為魚代表雄性，所以連碰都不敢碰，如此一來，大王呀！您難道不覺得可笑嗎！」

芭拉莎拉瓦蒂唱完後，便退了朝，根本沒對大王說明那條魚究竟為何發笑。而接連幾天芭拉莎拉瓦蒂仍然每天上朝覲見，但也都只講了些隱喻的話，並重複的唱著那首歌。如此一來，國王更加心急焦慮，他終於忍不住的問芭拉莎拉瓦蒂魚究竟為何發笑。

這時，芭拉莎拉瓦蒂對大王說：「大王，在我對您說明魚會發笑的原因之前，是否能請您先告訴我，您為什麼把布休巴哈丞相關了起來呢？」

大王便說：「丞相他人如其名，當他發笑的時候，花朵會從他的口中如雨般的洩下。於是當外國使節來時，我便希望他能笑一笑，讓外國使節們看看這種奇特的功能。可是那一次不論我怎麼對他說，他就是不笑，所以我才把他捉起來呀！」

芭拉莎拉瓦蒂聽了之後，便請求大王放了布休巴哈丞相，她對大王說其實，丞相不肯笑的原因就是那條魚發笑的原因，所以只要問一問丞相，便可以明瞭一切。

於是大王便命人放了丞相，並帶丞相來見他，這時大王便問丞相說，為何當初要他笑給使節們看，但他卻寧死也不笑的原因。這時丞相便對大王說因為他發現了一件醜事，事關大王的面子，所以他心中非常的煩悶，以致於根本笑不出來，那就是卡瑪莉卡王妃勾引別的男人。

大王一聽覺得這根本是無稽之談，大笑了一聲，並順手拿起身旁的花束輕輕的拍了王妃一下，可是王妃卻突然斷了氣。這時丞相卻哈哈大笑起來，而口中也散出了許多花片。

大王看見王妃死了而丞相卻如此高興，心中非常生氣，便責備丞相，而丞相對大王說：

「大王，臣絕對不是無中生有，那條魚之所以會笑，完全是因為王妃根本不守婦道，卻又裝成非常貞烈的樣子，實在是很諷刺的事。有一天晚上王妃去找看馬的小伙子，但這名馬丁告訴王妃說時間不早了，他得回宮

去，但王妃死都不肯，硬要馬丁陪伴她，並且乞求馬丁要慰撫他，而馬丁無可奈何只得用馬鞭抽打王妃讓她回宮，剛才大王您手上的花束恰好碰及王妃身上的鞭傷，王妃因為受不了，所以才斷氣的，大王您如果不信，可以看看王妃身上是不是真有傷痕。」

於是大王便派人檢查王妃的背上，果然有很多鞭傷，所以，他也就明白了王妃究竟是一個怎麼樣的人了。

（『鸚鵡記事七十則』五－一七）

魚的會議（阿薩姆民間傳說）

有一天，許多種類的魚聚集在一起，討論著「如何驅趕殘害魚群的動物？」

首先，牠們推選禿頭的鮪魚為主席，並由活潑健康的魚為司儀。司儀首先發言說：「我們首先請河豚來說明此次會議的目的。」

司儀說完後，河豚便很莊重的上台行禮說：「各位先生小姐好，這次承蒙司儀先生看得起，讓我來報告此次會議的目的，對於知識淺薄的我來說，這實在是一項莫大的榮耀。由於我的知識及經驗都稍感不足，所以，待會我的言談中如有任何錯誤請大家能多多修正指教，如果所說的有所缺漏，也請各位予以補充，多多包涵。

首先，我們都知道，我們所面臨的敵人有很多。其中最兇惡的那當然首推人類。人類他們除了利用魚網捕捉我們外，也經常利用其他很多稀奇古怪的東西來殘害我們。

在捉到我們之後，則用了煎、煮、炒、炸、蒸……等種種手法，把我們變成了一大堆具有莫名其妙名稱的食物。

各位是否曾經考慮過，人類如此的迫害我們，又任意的把我們拿來食用，這種種的行為，難道是他們與生俱來的權力嗎？其實不只是對我們如此，對其他的動物他們也是任意加以驅使，這又是神給他們的力量嗎？看看牛、馬、羊不都受他們迫害嗎？人類對於這些替他們賣命的動物，並不

替牠們蓋間小屋，而只是隨便鋪些稻草讓牠們休息，更甚者有時這些動物還得替人類清除糞便呢！」

善於雄辯的河豚繼續說著：「各位，你們想想看，人類其實和小牛沒什麼兩樣，他們也是得喝母奶。完全和小牛相同得由母體取得乳汁。所以可知事實上人類也不是什麼偉大的動物，換句話說，他們並不是不能對付的，所以，我們就是要想出一套對付人類的辦法。

各位，我由於年紀小，經驗少，實在是無法提供一個具體的辦法，因此，對於今天的會議確實沒有多大的幫助，實在非常抱歉。

但是各位，據我所知魴鮄魚伯母有著豐富的經驗，她今天沒來參加會議實在很奇怪。如果她出席的話，一定可以提出一些有力的建議，也許就可以教我們如何去對付人類那群壞蛋了。如果能請她到議場來的話，我所發表的話是否正確也就可以得到修正了。」

於是主席想了想，便命令司儀去把魴鮄魚找來。但司儀卻派了他的義子烏賊前去請人，烏賊到了魴鮄魚家門外時，就在外面大叫著說：「魴鮄魚呀！魴鮄魚呀！你要不要來參加會議呢？」

魴鮄魚在屋內聽到烏賊這麼沒禮貌的叫著非常生氣，於是她便說：「做什麼呀！你這沒用的傢伙，只會吃自己小孩的壞東西，我是不會跟你去開會的，你死心吧，快滾回去吧！」

烏賊聽到了魴鮄魚這麼生氣的回話，趕緊趕回會場，把這個不愉快的情形報告給大家知道。於是提出這個邀請建議的河豚便向主席說：「主席，既然如此，那是否可以由我再去邀請一次魴鮄魚伯母呢？」主席答應了河豚，於是河豚又往魴鮄魚家裏去了。

而另一方面，魴鮄魚在趕走了烏賊之後也非常後悔自己不應該那麼衝動，而心裏卻仍想著要出席會議。所以不知不覺中，她也將自己打扮得漂漂亮亮想到會場去，但似乎又找不到台階下。

恰巧這時河豚在門外叫著說：「魴鮄魚伯母呀！偉大的伯母呀！請您去參加我們的會議好嗎？」

魴鮄魚聽到了河豚這麼有禮貌的應對，便滿足了她自己的自尊心，也

為前往會議找到了台階，於是她馬上說：

「好呀！好呀！我去參加，我去參加。這是一個很有意義的會議，不去怎麼可以呢。您是河豚吧！一定錯不了的，您等一會，我馬上就可以出門了。」

在門外的河豚聽到魴鮄魚也很有禮貌的說著話，他心裏也感到非常的高興。他覺得魴鮄魚如此的對他說話使他非常的得意，馬上滿面春風，喜形於色，反覆的在心中說著想著魴鮄魚的話，越想越得意，肚子也越脹越大，結果在距離座位一步左右，肚子終於脹破了發出了一聲像槍炮一樣的爆炸聲。而在會場中正討論著如何對付人類的魚群們以為又是人類來開槍要捉他們了，在聽到聲響之後馬上個個嚇得屁滾尿流，飛也似的馬上逃之夭夭。那裏能談出什麼對付人類的辦法呢？

註：

阿薩姆位於印度的東邊，是一個內陸地，完全不靠海，所以，這篇民間傳說中所指的魚應是河川中的淡水魚。河豚是指一種吸氣後會使腹部膨脹的魚，只要一得意他的腹部也會充氣而致破裂。而魴魚是一種看

起來有點禿頭的魚。烏賊則會吃掉自己的小孩。魴鮄魚則有一個很大的嘴巴。這個故事事實上是採用擬人化的手法寫成，相當有趣，而且多少可看出一些魚類的特質。

戲言雜語

昏暗不明的天氣
龍蛇雜處的街道
甚至於丈夫外出時
都是行為放蕩女子的活動旺期
躺在另一個男人身邊
聽著他說著另一個女人的名字
滿懷妒意面無表情的轉過身充滿敵意
卻在男人的百般挑逗下

又是一次激情
瘦骨如柴的死者
一直與公婆共同生活
在喧嘩的祭典上
好友三五成群的數說著
可憐的女子離鄉背景
運道不順屢次經商屢次失敗
加上丈夫年邁
終致鬱悶難抑與世長辭

輕佻的女子故作羞澀，卻一動也不動只說：
「不要嘛，不要嘛。討厭，討厭。」
但一旦行為放浪時，卻又緊閉著嘴只發出：

「嗯！嗯！……」

磨好茴香，塗滿胡椒
加上那火辣辣的味道
忽然再摻入胡麻油煎炸一番
手連洗都沒洗
便搶著那碗夠辣夠味的咖哩魚入嘴。

女人的戀情如同早晚的天色
是那麼變化無常
又如同那無軌跡的閃電
是那麼令人捉摸不定
而女人的心則更是如同蛇蠍一般。

輕浮的女子在與戀人幽會時，眼睛仍舊飄來飄去
心中又想著其他令人憎惡的事
哎！天下之大誰又何其不幸
成為這種女人的情人呢？

停在花叢間的雌蜂
自以為是的守著自認的貞操
不肯吸取花叢中的蜜汁
於是飢渴萬分，獨自空等
「在酷熱的天氣中如此的筋疲力盡
賣茶的人，你可有藥方傳授」
「只要喝上一大碗水
再給我一小杯水就行了」

大展出版社有限公司
品冠文化出版社

圖書目錄

地址：台北市北投區（石牌）
致遠一路二段 12 巷 1 號
郵撥：01669551＜大展＞
19346241＜品冠＞
電話：(02) 28236031
28236033
28233123
傳真：(02) 28272069

・熱門新知・品冠編號 67

1.	圖解基因與 DNA	（精）	中原英臣主編	230 元
2.	圖解人體的神奇	（精）	米山公啟主編	230 元
3.	圖解腦與心的構造	（精）	永田和哉主編	230 元
4.	圖解科學的神奇	（精）	鳥海光弘主編	230 元
5.	圖解數學的神奇	（精）	柳谷晃著	250 元
6.	圖解基因操作	（精）	海老原充主編	230 元
7.	圖解後基因組	（精）	才園哲人著	230 元
8.	圖解再生醫療的構造與未來		才園哲人著	230 元
9.	圖解保護身體的免疫構造		才園哲人著	230 元

・圍棋輕鬆學・品冠編號 68

1.	圍棋六日通	李曉佳編著	160 元

・生活廣場・品冠編號 61

1.	366 天誕生星	李芳黛譯	280 元
2.	366 天誕生花與誕生石	李芳黛譯	280 元
3.	科學命相	淺野八郎著	220 元
4.	已知的他界科學	陳蒼杰譯	220 元
5.	開拓未來的他界科學	陳蒼杰譯	220 元
6.	世紀末變態心理犯罪檔案	沈永嘉譯	240 元
7.	366 天開運年鑑	林廷宇編著	230 元
8.	色彩學與你	野村順一著	230 元
9.	科學手相	淺野八郎著	230 元
10.	你也能成為戀愛高手	柯富陽編著	220 元
11.	血型與十二星座	許淑瑛編著	230 元
12.	動物測驗—人性現形	淺野八郎著	200 元
13.	愛情、幸福完全自測	淺野八郎著	200 元
14.	輕鬆攻佔女性	趙奕世編著	230 元
15.	解讀命運密碼	郭宗德著	200 元
16.	由客家了解亞洲	高木桂藏著	220 元

・女醫師系列・品冠編號 62

1.	子宮內膜症	國府田清子著	200 元
2.	子宮肌瘤	黑島淳子著	200 元
3.	上班女性的壓力症候群	池下育子著	200 元
4.	漏尿、尿失禁	中田真木著	200 元
5.	高齡生產	大鷹美子著	200 元
6.	子宮癌	上坊敏子著	200 元
7.	避孕	早乙女智子著	200 元
8.	不孕症	中村春根著	200 元
9.	生理痛與生理不順	堀口雅子著	200 元
10.	更年期	野末悅子著	200 元

・傳統民俗療法・品冠編號 63

1.	神奇刀療法	潘文雄著	200 元
2.	神奇拍打療法	安在峰著	200 元
3.	神奇拔罐療法	安在峰著	200 元
4.	神奇艾灸療法	安在峰著	200 元
5.	神奇貼敷療法	安在峰著	200 元
6.	神奇薰洗療法	安在峰著	200 元
7.	神奇耳穴療法	安在峰著	200 元
8.	神奇指針療法	安在峰著	200 元
9.	神奇藥酒療法	安在峰著	200 元
10.	神奇藥茶療法	安在峰著	200 元
11.	神奇推拿療法	張貴荷著	200 元
12.	神奇止痛療法	漆 浩 著	200 元
13.	神奇天然藥食物療法	李琳編著	200 元
14.	神奇新穴療法	吳德華編著	200 元

・常見病藥膳調養叢書・品冠編號 631

1.	脂肪肝四季飲食	蕭守貴著	200 元
2.	高血壓四季飲食	秦玖剛著	200 元
3.	慢性腎炎四季飲食	魏從強著	200 元
4.	高脂血症四季飲食	薛輝著	200 元
5.	慢性胃炎四季飲食	馬秉祥著	200 元
6.	糖尿病四季飲食	王耀獻著	200 元
7.	癌症四季飲食	李忠著	200 元
8.	痛風四季飲食	魯焰主編	200 元
9.	肝炎四季飲食	王虹等著	200 元
10.	肥胖症四季飲食	李偉等著	200 元
11.	膽囊炎、膽石症四季飲食	謝春娥著	200 元

・彩色圖解保健・品冠編號 64

1.	瘦身	主婦之友社	300 元
2.	腰痛	主婦之友社	300 元
3.	肩膀痠痛	主婦之友社	300 元
4.	腰、膝、腳的疼痛	主婦之友社	300 元
5.	壓力、精神疲勞	主婦之友社	300 元
6.	眼睛疲勞、視力減退	主婦之友社	300 元

・休閒保健叢書・品冠編號 641

1.	瘦身保健按摩術	聞慶漢主編	200 元

・心 想 事 成・品冠編號 65

1.	魔法愛情點心	結城莫拉著	120 元
2.	可愛手工飾品	結城莫拉著	120 元
3.	可愛打扮 & 髮型	結城莫拉著	120 元
4.	撲克牌算命	結城莫拉著	120 元

・少 年 偵 探・品冠編號 66

1. 怪盜二十面相	（精）	江戶川亂步著	特價	189 元
2. 少年偵探團	（精）	江戶川亂步著	特價	189 元
3. 妖怪博士	（精）	江戶川亂步著	特價	189 元
4. 大金塊	（精）	江戶川亂步著	特價	230 元
5. 青銅魔人	（精）	江戶川亂步著	特價	230 元
6. 地底魔術王	（精）	江戶川亂步著	特價	230 元
7. 透明怪人	（精）	江戶川亂步著	特價	230 元
8. 怪人四十面相	（精）	江戶川亂步著	特價	230 元
9. 宇宙怪人	（精）	江戶川亂步著	特價	230 元
10. 恐怖的鐵塔王國	（精）	江戶川亂步著	特價	230 元
11. 灰色巨人	（精）	江戶川亂步著	特價	230 元
12. 海底魔術師	（精）	江戶川亂步著	特價	230 元
13. 黃金豹	（精）	江戶川亂步著	特價	230 元
14. 魔法博士	（精）	江戶川亂步著	特價	230 元
15. 馬戲怪人	（精）	江戶川亂步著	特價	230 元
16. 魔人銅鑼	（精）	江戶川亂步著	特價	230 元
17. 魔法人偶	（精）	江戶川亂步著	特價	230 元
18. 奇面城的秘密	（精）	江戶川亂步著	特價	230 元
19. 夜光人	（精）	江戶川亂步著	特價	230 元
20. 塔上的魔術師	（精）	江戶川亂步著	特價	230 元
21. 鐵人Q	（精）	江戶川亂步著	特價	230 元
22. 假面恐怖王	（精）	江戶川亂步著	特價	230 元

23. 電人M	（精）	江戶川亂步著	特價	230 元
24. 二十面相的詛咒	（精）	江戶川亂步著	特價	230 元
25. 飛天二十面相	（精）	江戶川亂步著	特價	230 元
26. 黃金怪獸	（精）	江戶川亂步著	特價	230 元

・武 術 特 輯・大展編號 10

1. 陳式太極拳入門	馮志強編著	180 元
2. 武式太極拳	郝少如編著	200 元
3. 中國跆拳道實戰 100 例	岳維傳著	220 元
4. 教門長拳	蕭京凌編著	150 元
5. 跆拳道	蕭京凌編譯	180 元
6. 正傳合氣道	程曉鈴譯	200 元
7. 實用雙節棍	吳志勇編著	200 元
8. 格鬥空手道	鄭旭旭編著	200 元
9. 實用跆拳道	陳國榮編著	200 元
10. 武術初學指南	李文英、解守德編著	250 元
11. 泰國拳	陳國榮著	180 元
12. 中國式摔跤	黃　斌編著	180 元
13. 太極劍入門	李德印編著	180 元
14. 太極拳運動	運動司編	250 元
15. 太極拳譜	清・王宗岳等著	280 元
16. 散手初學	冷　峰編著	200 元
17. 南拳	朱瑞琪編著	180 元
18. 吳式太極劍	王培生著	200 元
19. 太極拳健身與技擊	王培生著	250 元
20. 秘傳武當八卦掌	狄兆龍著	250 元
21. 太極拳論譚	沈　壽著	250 元
22. 陳式太極拳技擊法	馬　虹著	250 元
23. 二十四式 三十二式 太極 拳 劍	闞桂香著	180 元
24. 楊式秘傳 129 式太極長拳	張楚全著	280 元
25. 楊式太極拳架詳解	林炳堯著	280 元
26. 華佗五禽劍	劉時榮著	180 元
27. 太極拳基礎講座：基本功與簡化 24 式	李德印著	250 元
28. 武式太極拳精華	薛乃印著	200 元
29. 陳式太極拳拳理闡微	馬　虹著	350 元
30. 陳式太極拳體用全書	馬　虹著	400 元
31. 張三豐太極拳	陳占奎著	200 元
32. 中國太極推手	張　山主編	300 元
33. 48 式太極拳入門	門惠豐編著	220 元
34. 太極拳奇人奇功	嚴翰秀編著	250 元
35. 心意門秘籍	李新民編著	220 元
36. 三才門乾坤戊己功	王培生編著	220 元
37. 武式太極劍精華＋VCD	薛乃印編著	350 元

38. 楊式太極拳	傅鐘文演述	200 元
39. 陳式太極拳、劍 36 式	闞桂香編著	250 元
40. 正宗武式太極拳	薛乃印著	220 元
41. 杜元化＜太極拳正宗＞考析	王海洲等著	300 元
42. ＜珍貴版＞陳式太極拳	沈家楨著	280 元
43. 24 式太極拳＋VCD	中國國家體育總局著	350 元
44. 太極推手絕技	安在峰編著	250 元
45. 孫祿堂武學錄	孫祿堂著	300 元
46. ＜珍貴本＞陳式太極拳精選	馮志強著	280 元
47. 武當趙堡太極拳小架	鄭悟清傳授	250 元
48. 太極拳習練知識問答	邱丕相主編	220 元
49. 八法拳 八法槍	武世俊著	220 元
50. 地趟拳＋VCD	張憲政著	350 元
51. 四十八式太極拳＋DVD	楊 靜演示	400 元
52. 三十二式太極劍＋VCD	楊 靜演示	300 元
53. 隨曲就伸 中國太極拳名家對話錄	余功保著	300 元
54. 陳式太極拳五功八法十三勢	闞桂香著	200 元
55. 六合螳螂拳	劉敬儒等著	280 元
56. 古本新探華佗五禽戲	劉時榮編著	180 元
57. 陳式太極拳養生功＋VCD	陳正雷著	350 元
58. 中國循經太極拳二十四式教程	李兆生著	300 元
59. ＜珍貴本＞太極拳研究	唐豪・顧留馨著	250 元
60. 武當三豐太極拳	劉嗣傳著	300 元
61. 楊式太極拳體用圖解	崔仲三編著	400 元
62. 太極十三刀	張耀忠編著	230 元
63. 和式太極拳譜＋VCD	和有祿編著	450 元
64. 太極內功養生術	關永年著	300 元
65. 養生太極推手	黃康輝編著	280 元
66. 太極推手祕傳	安在峰編著	300 元
67. 楊少侯太極拳用架真詮	李璉編著	280 元
68. 細說陰陽相濟的太極拳	林冠澄著	350 元
69. 太極內功解祕	祝大彤編著	280 元
70. 簡易太極拳健身功	王建華著	200 元
71. 楊氏太極拳真傳	趙斌等著	380 元
72. 李子鳴傳梁式直趟八卦六十四散手掌	張全亮編著	200 元
73. 炮捶 陳式太極拳第二路	顧留馨著	330 元
74. 太極推手技擊傳真	王鳳鳴編著	300 元
75. 傳統五十八式太極劍	張楚全編著	200 元
76. 新編太極拳對練	曾乃梁編著	280 元
77. 意拳拳學	王薌齋創始	280 元
78. 心意拳練功竅要	馬琳璋著	300 元
79. 形意拳搏擊的理與法	買正虎編著	300 元
80. 拳道功法學	李玉柱編著	300 元

・彩色圖解太極武術・大展編號 102

1.	太極功夫扇	李德印編著	220 元
2.	武當太極劍	李德印編著	220 元
3.	楊式太極劍	李德印編著	220 元
4.	楊式太極刀	王志遠著	220 元
5.	二十四式太極拳（楊式）＋VCD	李德印編著	350 元
6.	三十二式太極劍（楊式）＋VCD	李德印編著	350 元
7.	四十二式太極劍＋VCD	李德印編著	350 元
8.	四十二式太極拳＋VCD	李德印編著	350 元
9.	16 式太極拳 18 式太極劍＋VCD	崔仲三著	350 元
10.	楊氏 28 式太極拳＋VCD	趙幼斌著	350 元
11.	楊式太極拳 40 式＋VCD	宗維潔編著	350 元
12.	陳式太極拳 56 式＋VCD	黃康輝等著	350 元
13.	吳式太極拳 45 式＋VCD	宗維潔編著	350 元
14.	精簡陳式太極拳 8 式、16 式	黃康輝編著	220 元
15.	精簡吳式太極拳＜36 式拳架・推手＞	柳恩久主編	220 元
16.	夕陽美功夫扇	李德印著	220 元
17.	綜合 48 式太極拳＋VCD	竺玉明編著	350 元
18.	32 式太極拳（四段）	宗維潔演示	220 元
19.	楊氏 37 式太極拳＋VCD	趙幼斌著	350 元
20.	楊氏 51 式太極劍＋VCD	趙幼斌著	350 元

・國際武術競賽套路・大展編號 103

1.	長拳	李巧玲執筆	220 元
2.	劍術	程慧琨執筆	220 元
3.	刀術	劉同為執筆	220 元
4.	槍術	張躍寧執筆	220 元
5.	棍術	殷玉柱執筆	220 元

・簡化太極拳・大展編號 104

1.	陳式太極拳十三式	陳正雷編著	200 元
2.	楊式太極拳十三式	楊振鐸編著	200 元
3.	吳式太極拳十三式	李秉慈編著	200 元
4.	武式太極拳十三式	喬松茂編著	200 元
5.	孫式太極拳十三式	孫劍雲編著	200 元
6.	趙堡太極拳十三式	王海洲編著	200 元

・導引養生功・大展編號 105

1.	疏筋壯骨功＋VCD	張廣德著	350 元

2. 導引保建功＋VCD	張廣德著	350 元
3. 頤身九段錦＋VCD	張廣德著	350 元
4. 九九還童功＋VCD	張廣德著	350 元
5. 舒心平血功＋VCD	張廣德著	350 元
6. 益氣養肺功＋VCD	張廣德著	350 元
7. 養生太極扇＋VCD	張廣德著	350 元
8. 養生太極棒＋VCD	張廣德著	350 元
9. 導引養生形體詩韻＋VCD	張廣德著	350 元
10. 四十九式經絡動功＋VCD	張廣德著	350 元

・中國當代太極拳名家名著・大展編號 106

1. 李德印太極拳規範教程	李德印著	550 元
2. 王培生吳式太極拳詮真	王培生著	500 元
3. 喬松茂武式太極拳詮真	喬松茂著	450 元
4. 孫劍雲孫式太極拳詮真	孫劍雲著	350 元
5. 王海洲趙堡太極拳詮真	王海洲著	500 元
6. 鄭琛太極拳道詮真	鄭琛著	450 元
7. 沈壽太極拳文集	沈壽著	630 元

・古代健身功法・大展編號 107

1. 練功十八法	蕭凌編著	200 元
2. 十段錦運動	劉時榮編著	180 元
3. 二十八式長壽健身操	劉時榮著	180 元
4. 三十二式太極雙扇	劉時榮著	160 元

・太極跤・大展編號 108

1. 太極防身術	郭慎著	300 元
2. 擒拿術	郭慎著	280 元

・名師出高徒・大展編號 111

1. 武術基本功與基本動作	劉玉萍編著	200 元
2. 長拳入門與精進	吳彬等著	220 元
3. 劍術刀術入門與精進	楊柏龍等著	220 元
4. 棍術、槍術入門與精進	邱丕相編著	220 元
5. 南拳入門與精進	朱瑞琪編著	220 元
6. 散手入門與精進	張山等著	220 元
7. 太極拳入門與精進	李德印編著	280 元
8. 太極推手入門與精進	田金龍編著	220 元

・實用武術技擊・大展編號 112

1.	實用自衛拳法	溫佐惠著	250 元
2.	搏擊術精選	陳清山等著	220 元
3.	秘傳防身絕技	程崑彬著	230 元
4.	振藩截拳道入門	陳琦平著	220 元
5.	實用擒拿法	韓建中著	220 元
6.	擒拿反擒拿 88 法	韓建中著	250 元
7.	武當秘門技擊術入門篇	高翔著	250 元
8.	武當秘門技擊術絕技篇	高翔著	250 元
9.	太極拳實用技擊法	武世俊著	220 元
10.	奪凶器基本技法	韓建中著	220 元
11.	峨眉拳實用技擊法	吳信良著	300 元

・中國武術規定套路・大展編號 113

1.	螳螂拳	中國武術系列	300 元
2.	劈掛拳	規定套路編寫組	300 元
3.	八極拳	國家體育總局	250 元
4.	木蘭拳	國家體育總局	230 元

・中華傳統武術・大展編號 114

1.	中華古今兵械圖考	裴錫榮主編	280 元
2.	武當劍	陳湘陵編著	200 元
3.	梁派八卦掌（老八掌）	李子鳴遺著	220 元
4.	少林 72 藝與武當 36 功	裴錫榮主編	230 元
5.	三十六把擒拿	佐藤金兵衛主編	200 元
6.	武當太極拳與盤手 20 法	裴錫榮主編	220 元
7.	錦八手拳學	楊永著	280 元
8.	自然門功夫精義	陳懷信編著	500 元

・少 林 功 夫・大展編號 115

1.	少林打擂秘訣	德虔、素法編著	300 元
2.	少林三大名拳 炮拳、大洪拳、六合拳	門惠豐等著	200 元
3.	少林三絕 氣功、點穴、擒拿	德虔編著	300 元
4.	少林怪兵器秘傳	素法等著	250 元
5.	少林護身暗器秘傳	素法等著	220 元
6.	少林金剛硬氣功	楊維編著	250 元
7.	少林棍法大全	德虔、素法編著	250 元
8.	少林看家拳	德虔、素法編著	250 元
9.	少林正宗七十二藝	德虔、素法編著	280 元

10.	少林瘋魔棍闡宗	馬德著	250 元
11.	少林正宗太祖拳法	高翔著	280 元
12.	少林拳技擊入門	劉世君編著	220 元
13.	少林十路鎮山拳	吳景川主編	300 元
14.	少林氣功祕集	釋德虔編著	220 元
15.	少林十大武藝	吳景川主編	450 元
16.	少林飛龍拳	劉世君著	200 元

・迷蹤拳系列・大展編號 116

1.	迷蹤拳（一）+VCD	李玉川編著	350 元
2.	迷蹤拳（二）+VCD	李玉川編著	350 元
3.	迷蹤拳（三）	李玉川編著	250 元
4.	迷蹤拳（四）+VCD	李玉川編著	580 元
5.	迷蹤拳（五）	李玉川編著	250 元
6.	迷蹤拳（六）	李玉川編著	300 元
7.	迷蹤拳（七）	李玉川編著	300 元
8.	迷蹤拳（八）	李玉川編著	300 元

・截拳道入門・大展編號 117

1.	截拳道手擊技法	舒建臣編著	230 元
2.	截拳道腳踢技法	舒建臣編著	230 元
3.	截拳道擒跌技法	舒建臣編著	230 元

・原地太極拳系列・大展編號 11

1.	原地綜合太極拳 24 式	胡啟賢創編	220 元
2.	原地活步太極拳 42 式	胡啟賢創編	200 元
3.	原地簡化太極拳 24 式	胡啟賢創編	200 元
4.	原地太極拳 12 式	胡啟賢創編	200 元
5.	原地青少年太極拳 22 式	胡啟賢創編	220 元

・道學文化・大展編號 12

1.	道在養生：道教長壽術	郝勤等著	250 元
2.	龍虎丹道：道教內丹術	郝勤著	300 元
3.	天上人間：道教神仙譜系	黃德海著	250 元
4.	步罡踏斗：道教祭禮儀典	張澤洪著	250 元
5.	道醫窺秘：道教醫學康復術	王慶餘等著	250 元
6.	勸善成仙：道教生命倫理	李剛著	250 元
7.	洞天福地：道教宮觀勝境	沙銘壽著	250 元
8.	青詞碧簫：道教文學藝術	楊光文等著	250 元
9.	沈博絕麗：道教格言精粹	朱耕發等著	250 元

國家圖書館出版品預行編目資料

印度幽默小品／玄虛叟編著
－初版－臺北市，大展，民 95
面；21 公分－（休閒娛樂；54）
ISBN 957-468-457-1（平裝）

867.6　　95004425

印度幽默小品

ISBN 957-468-457-1

編 著 者／玄　虛　叟
發 行 人／蔡　森　明
出 版 者／大展出版社有限公司
社　　址／台北市北投區（石牌）致遠一路 2 段 12 巷 1 號
電　　話／(02) 28236031・28236033・28233123
傳　　真／(02) 28272069
郵政劃撥／01669551
網　　址／www.dah-jaan.com.tw
E-mail／service@dah-jaan.com.tw
登 記 證／局版臺業字第 2171 號
承 印 者／高星印刷品行
裝　　訂／建鑫印刷裝訂有限公司
排 版 者／千兵企業有限公司
初版1刷／2006 年（民 95 年）　5 月

定　價／180 元

大展好書　好書大展
品嘗好書　冠群可期

大展好書　好書大展
品嘗好書　冠群可期